W0312215

ANSE ROUGE

© Éditions Thierry Magnier, 2022
ISBN 979-10-352-0525-6

Éditrice : Charline Vanderpoorte
Assistante d'édition : Juliette Gaillard
Illustration de couverture : Aline Zalco
Direction artistique couverture : Florie Briand
Maquette intérieure : Amandine Chambosse

Loi n° 49-956 du 16 juillet 1949 sur les publications destinées à la jeunesse

Sandrine Caillis

ANSE ROUGE

EDITIONS THIERRY MAGNIER

Caillis, ça ne vous fait pas penser à caillou ?
Sans doute parce que *callis* en catalan, c'est le petit chemin.
Immobile et silencieuse, **Sandrine Caillis** a longtemps dormi
et attendu et écouté le monde sur un bout de sentier encaillassé.
Et puis on l'a ramassée et elle s'est mise à parler !

Aux éditions Thierry Magnier :
Les Ombres que nous sommes, coll. Grands romans, 2020.
Ce roman a remporté le prix Cendres en octobre 2020.

Aux quatre guerrières que j'ai regardées grandir.
Léonie et Armance.
Marjolaine et Capucine.

Implosion

Le ciel pleurniche depuis des lustres, Paris est crasse, pire que d'habitude. La porte d'entrée de l'immeuble claque dans mon dos, adieu le sec et le chaud. Je me cale contre le bois, encore un peu à l'abri, le temps d'allumer ma cigarette. L'armée des gens pressés passe, inlassablement. Après le confort ouaté de l'appartement, le bruit de la pluie surgit dans les rues de la ville, assourdissant. Ça donne l'impression d'une catastrophe imminente. Les dégoulinures d'eau font pencher le monde. J'hésite encore à me lancer moi aussi dans la mêlée, j'ai froid d'avance. Quand, entre mes doigts, l'illusion de la chaleur du tabac est épuisée, je me décide.

« Merde. »

J'ai oublié mon parapluie là-haut. Tant pis. C'est le père qui est rentré le premier ce soir et je n'aime pas ça, son regard sur mon corps comme si j'étais une pochette-surprise, sa main après la bise qu'il laisse toujours une seconde ou deux de trop sur mon épaule. Je n'y retourne pas maintenant, je n'ai pas envie qu'il me fasse son numéro une deuxième fois. Je le récupérerai demain.

À moi le déluge. Je remonte le col de mon manteau et je me lance. Je suis déjà en retard et je ne sais pas où se trouve la brasserie où Luce m'a donné rendez-vous quand on s'est croisées ce matin, avant que je parte en cours.

« Tu es pâle et morne, elle a dit en me voyant débarquer dans la cuisine, le sourire en vadrouille sur son visage. Si tu te fais un bon shampoing qui sent le propre, Marie, je te sors ce soir après ton baby-sitting. »

Elle a réussi à me faire sourire.

Quand j'ai cherché une colocation pour le début de mes études à Paris, il y a trois ans, je l'ai choisie elle, plutôt que son appartement, à cause de son prénom de vieille dame, qui fait penser à la lumière. Elle était plus âgée, ça m'a rassurée. Ça faisait grande sœur, le truc inconnu qui fait envie, quelqu'un pour guider tes pas. J'avais pourtant mis un point d'honneur à viser une université de la capitale, pas par parisianisme acharné, mais pour faire sécession d'avec ma famille, ce qu'il m'en restait au moins, c'est-à-dire mon père. Tout ça pour sauter sur le premier modèle sororal qui me tombait sous la main. On n'est jamais à une contradiction près. Bref. La règle du jeu est tacite entre nous. Je reste sauvage, sur mes gardes, malgré l'admiration que je lui porte. Et elle s'échine gentiment à m'apprivoiser. On évite de piétiner l'espace de l'autre. Mais quand même parfois lui prend l'envie de m'arracher à mes ombres. Et au réveil, mes cheveux en bataille m'ont fait gagner le gros lot. Aujourd'hui serait jour de sauvetage.

Quand j'arrive au bon endroit, je la vois qui miroite au milieu d'une troupe à travers les vitres embuées. Ça me coupe dans mon élan. Je n'ai pas signé pour me retrouver coincée en terrain hostile, dans une soirée filles. Il y en a trois autour de ma colocataire. À tous les coups, elles vont vouloir aller danser. Autant m'échapper maintenant. Mais Luce m'a chopée elle aussi à travers la devanture et elle sent venir la fuite. En quelques pas, elle est à la porte et me tient par la manche. Prisonnière.

– Allez, fais pas tes yeux, tu me fais pas peur. On va s'amuser un peu. C'est des travaux pratiques pour tes études, Blanchette.

Un, je n'aime pas quand elle m'appelle Blanchette. Elle ne sait pas à quel point elle touche juste, avec son histoire de chèvre et de loup. Et ça c'est mon secret.

Deux, si elle attaque sur mes études, j'en ai pour la soirée entière et je n'ai pas la force pour ça, surtout avec un parterre de spectatrices acquises à sa cause. Ça la fait beaucoup rire, Luce, que je fasse des études de communication. Elle appelle ça ma thérapie collective. « C'était bien avec tes psys aujourd'hui ? » elle me dit quand je reviens de la fac. Elle n'a pas tout à fait tort. En cours, j'ai souvent l'impression de prendre l'autoroute à l'envers.

Je les connais, je crois, les copines, même si je ne suis pas certaine de savoir qui s'appelle comment. Leur aisance tout-terrain me paraît immédiatement suspecte et active mon malaise. Je reste au bord, sur mes gardes. J'essaie de détendre les muscles de mon visage, de prendre une pose nonchalante. Mais la conversation est lancée et je n'arrive pas à monter dans le wagon. Elles reprennent là où mon arrivée les a interrompues et c'est trop tard. Elles ont des problèmes de boulots géniaux, de logements incroyables, d'amours compliquées, de vacances à planifier. Chacune de leurs anecdotes est une banderille qu'elles me plantent dans la peau et qui me transforme en brochette d'insignifiance. Cette course à qui aura la vie la plus problématique, donc la plus remplie, donc la plus enviable, me disjoncte en mode échec.

Rapidement, j'étouffe. Mes mains s'accrochent l'une à l'autre sous la table pour me griffer la peau. Mes pensées s'enterrent profond et je ne sais plus si mon corps est là. Dans le grand miroir qui nous fait face, je vois quatre filles vivantes et une autre dont les contours s'effilochent. Je dois me mettre en mouvement pour refermer mes frontières, que je ne me répande pas là, à leurs pieds, comme une flaque. J'attrape mon manteau et mon sac. Luce me retient par la manche.

– Reste, Marie…

– Je sors fumer.

« Menteuse », je lis dans son regard. Elle le sait. Elle esquisse une moue dubitative et me lâche.

Sous l'auvent de la terrasse, des gens s'entassent et rient. Je sors une cigarette, fébrile, le temps de retrouver mon air et de me reconnecter. Un bras inconnu s'avance vers mon visage, la flamme grésillante du briquet m'éclaire. Au bout, un sourire, le sourire habituel, avec les yeux qui vont avec, qui me scannent déjà des pieds à la tête, « Moi c'est machin » qui va bientôt suivre. Une fille éplorée, c'est toujours un bon plan drague. Le feu dans mon regard repousse l'inconnu illico. Je tourne le dos au gars qui s'éloigne déjà pour chasser ailleurs. Les trottoirs sont bondés dans ce quartier et je n'ai pas envie de ce frôlement incessant. À la première rue perpendiculaire je prends la tangente. J'entre dans la nuit.

Je me sens minable de ne pas savoir jouer le jeu des relations comme tout le monde. Et je me sens coupable d'avoir lâché Luce. J'imagine la liste des mots en -able qu'elles constituent peut-être devant leur cocktail happy hour pendant que je rumine dans une rue sombre. J'hésite un instant à y retourner, m'excuser, me rasseoir docilement, mais cette idée est au-dessus de mes forces. Je n'y arrive pas, je ne sais même pas à quoi. Je fais ma brave, mais je sais bien qu'il y a quelque chose qui déconne chez moi. Une impossibilité d'être aux autres, d'être là. D'être.

Je ne sais pas pourquoi mais ce soir, c'est encore plus pesant que d'habitude. J'avance à l'aveugle, sèche. Je regarde ceux qui rentrent chez eux, les mains chargées d'une vie pleine et organisée. Cabas de courses. Cartables. Sacs de sport. J'ai les mains dans mes poches vides et je me sens pathétique, dans cet état de suspension permanente. Heureusement, la fraîcheur fait son œuvre. Je sens ma peau qui se raidit sous ses assauts et mes pensées se rétractent petit à petit. Je décide de rentrer à pied pour finir de laisser mon corps prendre le dessus. Ma marche est vive, l'air me passe à nouveau au travers.

Mon portable vibre dans ma poche. J'imagine déjà que c'est Luce et sa panique en bandoulière. Et je suis soulagée de cette tentative de rattrapage, qu'elle ne m'en veuille pas. J'envisage sérieusement de faire marche arrière pour une fois. Mais ce n'est pas Luce. Ce n'est pas le réconfort qui vient me prendre par la main. C'est le loup qui arrive sans prévenir. Mon loup. Et ce n'est vraiment pas le bon moment.

« Viens », s'affiche dans le bleu de mon écran, comme une morsure pixélisée.

Ce message inattendu me fauche, et fauche la pensée de Luce. Je m'accroche au col de mon manteau, comme s'il pouvait me retenir de tomber. Les crampes arrivent, elles sont de plus en plus fortes à chacune de leur apparition. Cette fois-ci elles me font gémir de douleur. Mon corps hurle. Il est secoué par des déferlantes qui n'en finissent pas de naître au fond de moi. Mon gémissement ne cesse pas, il grince entre mes dents serrées. Il y a quelque chose qui veut sortir de mes profondeurs et qui ne trouve pas le chemin. Quand je bute sur la Seine que je n'ai pas vue arriver, il se transforme en un cri rauque et sourd qui me lacère les cordes vocales. Et je comprends qu'il va falloir que je me libère.

Je suis en nage quand j'arrive chez moi, après plusieurs heures de course dans les rues jusqu'à l'épuisement. J'ai couru pour tenir debout, j'ai couru pour ne pas pleurer, j'ai couru pour que le mouvement me réveille de ce cauchemar qui a trop duré. Je vais droit à la chambre de Luce, qui dort tranquillement. Il ne faut pas que je m'arrête. Il faut que j'aille au bout.

– J'ai besoin de tes clés de voiture, je lui souffle doucement dans le creux de son oreille chaude.

Elle lève à peine son visage chiffonné de sommeil.

– Tu reviens quand ?

Son haleine retrace à peu près le déroulement de sa soirée.

– Bientôt. S'il te plaît, j'en ai vraiment besoin.

– Poche de gauche de ma veste verte.

– Merci, ma Lucette.

Je me relève en trombe, mais sa main me rattrape le bras.

– Fais attention à toi, Marie.

Promis, Luce, je reviens neuve, je lui réponds dans ma tête.

Je prépare rapidement quelques affaires, j'allume mon ordinateur pour trouver un point de chute, et parce que je n'aime pas lui mentir, je lui laisse un mot sur la table de cuisine, sous son bol préféré.

Je vais à Noirmoutier quelques jours.

Je n'avais pas remis les pieds à Noirmoutier depuis le dernier des quatre étés que j'y ai passés, dans une vie qui me paraît si lointaine. C'était l'été de mes quatorze ans. Et de mon big bang. Ma vie est longue de mille quatre-vingt-quatorze semaines et c'est très exactement comme si rien n'existait d'autre que les quelques semaines passées il y a longtemps sur cette île. Je suis satellisée autour de ce point de l'univers, qui en est le soleil et le trou noir. Le reste n'est que du vide intersidéral dans lequel je fais du surplace, en silence. J'ai besoin de mettre le feu dans la forêt de ma mémoire.

J'ai conduit d'une traite, en apnée, les pensées à l'arrêt, jusqu'à la chaussée qui fait marcher sur l'eau. Quand j'arrive, le jour est à peine levé. La marée est encore trop haute et je dois attendre que la voie se dégage, que la mer s'ouvre en deux. J'ai des frissons plein le corps. Le sentiment de panique qui m'habite me fait un poids mort à l'intérieur.

J'ai deux bonnes heures devant moi selon le panneau d'affichage qui autorise la circulation. J'ai le choix entre une sieste sur la banquette arrière de la minuscule voiture de Luce ou un grand café chaud au restaurant qui me fait de l'œil avec sa petite lumière au fond de la salle encore dans l'ombre. Je croise mon allure défaite dans les vitres de ma portière quand je la claque, et j'ai un doute sur ma capacité de conviction. Pour le grand café, il faudra peut-être attendre. Mais le patron du restaurant a un grand cœur et peut-être une fille ou une petite-fille qui me ressemble, va savoir. Il n'hésite pas une seconde. Quand il m'aperçoit à travers sa vitrine, il m'ouvre et me lance un « Ben vous êtes perdue, venez vite vous asseoir au chaud », bienvenu mais qui m'inquiète. Je ne vais pas savoir quoi faire de tant d'hospitalité.

– Installez-vous. Qu'est-ce que vous venez faire par ici à cette saison ?

Mon envie de café vaut bien une ou deux compromissions.

– Quelques jours de vacances.

Je suis à mon maximum de sociabilité.

Il me remplit un énorme bol et laisse la cafetière à disposition.

– J'y retourne, il me dit en désignant la cuisine.

J'adresse une petite prière à la montagne de légumes à éplucher que j'imagine derrière la cloison. Et je me retrouve seule dans cette grande salle, à attendre la suite.

Finalement, le miracle a lieu, et le passage du Gois se dégage. Je remercie infiniment, et je sors en regardant du côté de l'île qui se découpe dans le ciel. J'allume une cigarette, je la visse à mes lèvres. Je laisse l'âcreté de la fumée stationner dans mes voies respiratoires, les obstruer, exprès. J'invente l'autodafé de soi. Et je retarde le moment où je vais franchir la frontière qui me sépare encore pour quelques minutes de mon passé que je viens retrouver.

Je démarre doucement et m'avance. Le monsieur me fait un signe du pas de sa porte. Je lui réponds en secouant la main. Je m'engage, je roule au pas, la course rythmée par les cahotements de ce qu'on peut difficilement désigner par le concept de route. Il n'y a personne d'autre que moi dans cette immensité de gris.

C'était quoi l'idée d'hier soir alors ? J'en ai marre des tartines de souffrance, des torrents de larmes et des nuits sans sommeil, et dans Paris noirci, en état de fuite, j'ai pensé qu'il fallait justement y retourner. Là où ça a éclos, la rage et la douleur. Là où tout s'est noué, je crois. Pour faire table rase et recommencer autrement. Changer la direction des rails.

Résilience, mon cul ! Je sens bien, moi, que la catharsis va me filer une nausée à tout faire exploser. En pénétrant sur l'île, je suis saisie, comme un cratère à l'intérieur, la terre qui s'effondrerait sous mes pas. La respiration impossible, le plexus solaire verrouillé.

Il est où, d'ailleurs, le soleil qui inondait cette île dans tous mes souvenirs ?

Des bouffées d'images de ces quatre étés me reviennent, mélangées, hargneuses. Ils me harponnent, mes souvenirs, la gueule fermée sur la blessure, et ils ne vont plus lâcher prise. Je serre le volant si fort que mes phalanges deviennent blanches, exsangues. Je roule jusqu'à Noirmoutier-en-l'Île. Si doucement que je déclenche une bataille rangée de klaxons. Quelques rares voitures suffisent à faire concert.

Je tourne un long moment dans les ruelles du bourg que je ne reconnais pas vraiment, à la recherche du logement que j'ai trouvé à la va-vite. Chaque itinéraire emprunté me ramène invariablement sur la place du château autour duquel je fais du manège, affolée à force. Je ne suis plus tout à fait certaine d'être éveillée. Je finis par me garer, j'hésite sur la marche à suivre. De toute façon, mon hôtesse ne m'attend qu'à partir de dix-huit heures. J'ai huit heures devant moi.

D'abord, il faudrait que je mange. Quand je sors de la voiture, un crachin réfrigérant me fait la ola. Je m'avance vers le centre du bourg, c'est-à-dire la seule et unique rue marchande. Les devantures fermées se succèdent les unes aux autres. Les rues désertées semblent en ruine. J'en repars avec quelques viennoiseries et je cours me réfugier au sec. Retour au point de départ. Je laisse le pare-brise se flouter de buée et je me fais un shoot de sucre et de gras.

Je suis dans un état de fatigue qui me tiraille. Je flotte et je pèse des tonnes. Dans cet habitacle moite, le temps s'étire. Je vais fondre si je reste là. Alors je décide de ne plus différer et je laisse l'obsession d'Anse rouge prendre la journée en main. L'œil de mon cyclone est une petite langue de sable coincée entre deux promontoires rocheux. C'est très exactement là que je veux retourner depuis hier soir, pour y prendre un bain de vieilles sensations. Voir si ça brûle encore très fort. Alors j'y vais. Mais j'ai besoin de me sentir approcher. Je laisse la voiture stationnée là où elle est et je pars, tremblante, en longeant le port par la longue jetée secouée par les vents. Le souffle court, j'avance avec lenteur, un pas après l'autre. Des larmes zèbrent mon visage. Le sel y creuse des sillons. À force, la tristesse va finir par dessiner un réseau hydraulique sur mes joues.

Quand je longe la clôture du camping, ce sont d'abord les bruits qui m'assaillent. J'ai des haut-parleurs qui se branchent dans ma tête, et qui déversent le ressac de la mer d'été, les voix de mes parents, le cliquetis des vélos, le brouhaha autour de notre emplacement. Et puis une vague d'images m'assomme. Je bois la tasse. Je me laisse immerger. Je laisse venir jusqu'à moi ce que j'ai si longtemps tenu à distance.

Premier été
2009

Cet été-là, j'avais neuf ans pour encore quelques mois. Mes parents et moi sortions pour la première fois du périmètre clos de la famille immédiate au sein de laquelle nous passions toutes nos vacances. Juste un petit doigt de pied posé à l'extérieur du cercle. Pour voir si le monde est vraiment si terrible.

Un soir de printemps, mon père était rentré du travail et avait proclamé, soudainement souriant : « Cet été, on va voir la mer. » J'avais senti ma mère se figer, assise juste à côté de moi autour de la table, à l'heure des devoirs. Mes épaules s'étaient crispées, en réplique à son séisme intérieur. J'avais attendu sa réaction sans ciller. Ne pas bouger et attendre.

« On verra », avait été sa réponse pendant qu'elle se levait pour s'agiter devant son plan de travail. Mécaniquement, j'avais rendu son sourire à mon père. Il avait fait un petit signe de la tête pour que je n'aie pas peur. Ce vent de nouveauté, cette audace presque exaltée qui s'emparait soudainement de lui, c'était perdu d'avance. Mais pour finir, le miracle, déconcertant, d'un départ vers l'inconnu, s'était accompli.

Pendant de longs jours avant la date prévue pour le départ, il y avait eu une phase d'organisation, fervente, des bagages à emporter. Ils s'accumulaient dans l'entrée de la maison et finissaient par former des monceaux de parties de nous, tandis que les placards se vidaient. Les sacs de courses pour le matériel de camping – un sac de duvets, un sac d'oreillers, un sac de casseroles, un sac de lessives, d'éponges, de cuvettes, un sac d'hygiène, un sac de sacs (on n'est jamais trop prudent !) – les sacs de sport pour le matériel de plage, les valises pour les vêtements, des paniers pour les victuailles. Et quand la maison avait été empaquetée, qu'il n'était plus resté que nos trois corps les bras ballants, sans presque plus rien autour, il avait bien fallu partir.

Ma mère avait dressé une liste pour l'ordre d'embarquement des bagages. Le dur en dessous, le mou par-dessus, et moi en dernier, un sac sur le dos, un sac à vomi dans une main, une couverture dans l'autre. On allait rouler de nuit. C'est mieux pour éviter la circulation.

Comme tous les enfants, j'avais résisté aussi longtemps que possible à l'endormissement en regardant la succession des lumières dans la nuit, avec une petite joie indomptable à l'intérieur de moi, mais silencieuse, surtout, pour ne pas déranger. Et puis les ronronnements du moteur et de la radio en sourdine avaient eu raison de ma veille.

Je me souviens parfaitement de mon émerveillement muet quand, encore harnachée à l'arrière de la voiture, j'ai ouvert les yeux sur l'immensité de l'eau et du ciel qui mélangeaient leurs bleus au-delà de la bande dorée de sable. J'ai presque eu peur. Coincée dans l'étanchéité de l'habitacle, j'étais encore isolée du roulement sonore de la mer, qui me cueillerait par surprise quelques instants plus tard. Je me suis redressée et j'ai vu s'agiter mes deux parents devant une sorte de petite maison moitié bois moitié bâche qui semblait devoir être notre chez-nous pendant ce séjour.

J'ai collé mon visage à la vitre en attendant qu'on me sorte de ma boîte.

Même sous haute surveillance, la vie en extérieur du camping était une découverte miraculeuse. J'adorais être réveillée par les rayons du soleil sur la toile de tente et les odeurs des résineux, dont ma mère balayait frénétiquement les épines dès qu'elle avait un moment.

Je me laissais caresser par l'air, surprendre par la chaleur. Je découvrais, étonnée, que j'étais inscrite dans le courant du monde.

Ma mère avait refusé que je fasse du vélo pour me déplacer – non, même pas un suiveur, elle n'y arrivera pas, et si on lui rentre dedans tu y as pensé ? – et je m'étais retrouvée dans une petite carriole rouge, accrochée au vélo de mon père, dans laquelle j'avais du mal à loger mes jambes bien trop grandes. Ma mère m'y coinçait avec le matériel de plage et rabattait sur moi tout ce qu'elle pouvait rabattre. Ce n'était pas grave, rien n'était grave. Derrière leur dos, je dégageais la bâche dès qu'ils se mettaient à rouler, le soleil m'éblouissait et les odeurs mélangées de chaud et de sève me surprenaient dans mon immobilité et m'écœuraient de sensations.

Sur la plage où nous allions chaque jour, j'avais à peine le droit de quitter la grande serviette. Mes parents s'arrangeaient toujours pour trouver une place sur les grands rochers plats qui bordent le sable d'un côté. Je les laissais accomplir leurs rituels – regarder le soleil, choisir la partie d'ombre stratégique qui durerait autant que possible, poser les nattes d'abord et les serviettes ensuite, sortir les boules de pétanque pour enfants en plastique multicolore qu'on trimbalait tous les étés et qu'on ne sortait jamais de leur panier parce que chez ma grand-mère il y a trop de cailloux. Ici, la plage était de sable fin, mais les boules restaient dans leur filet malgré tout. Faut pas salir.

J'étais barbouillée de crème solaire, et tenue éloignée de l'invasion minuscule des petits grains. Ça colle aux pieds, on en ramène plein la tente, c'est désagréable, et puis après ça nous suit jusque dans la voiture et même jusque chez nous quand on rentrera et il faudra des semaines pour s'en débarrasser. C'est ça la mer. Tu l'as voulue, tu l'as.

Je savais qu'il fallait hocher la tête mécaniquement quand la psalmodie des recommandations démarrait. Tu ne quittes pas la serviette. Tu peux jouer dans le sable en restant sur la serviette mais je ne veux pas un grain. Tiens, prends le seau. Tu ne t'approches pas de l'eau sans ton père. Tu attends l'heure du bain. Sois sage.

Est-ce qu'il m'était arrivé une fois de ne pas être sage ?

Pourtant, je savais qu'il y aurait un moment de bascule où sa vigilance s'effriterait quand la chaleur aurait raison de sa veille, dont je profiterais juste en regardant la mer et l'horizon, petite traîtresse. C'était de toute façon mille fois plus de perspectives que le carré de pelouse de mes fins de semaine, chez nous dans le grand lotissement. Je me postais juste au bord du périmètre autorisé, du côté de l'eau, et j'attendais que la marée vienne me donner l'illusion de la baignade, quand l'eau piquante de froid et de sel lécherait mes pieds avec gourmandise, et que j'aurais terriblement peur d'être dévorée, juste pour éviter l'ennui.

J'étais baignée par cette terreur de tout qu'on me transmettait et qui me tenait compagnie. J'avais peur du sable et des bêtes qu'il y a dedans, j'avais peur des algues, de la vitesse, des bousculades, j'avais peur des microbes, des autres, j'avais peur. J'essayais d'occuper le moins d'espace possible, de faire le moins de bruit possible, pour fuir le danger contenu dans les choses.

Ce n'était pas le goût de l'aventure qui nous avait menés sur cette petite plage dont l'accès était dérobé. C'est le gardien du camping qui nous avait expliqué dès notre arrivée que la plus jolie plage de l'île, c'était « Anse rouge ». Je dis ça, moi je dis rien. Alors à Anse rouge, de mon lieu d'observation légèrement surélevé, je passais mes après-midi à observer - sagement - la vie estivale. Je regardais les balancements des bateaux, les rassemblements des baigneurs qui vont et viennent, chahutés par les flots, leurs airs sidérés quand la vigueur des vagues les surprenait, les familles qui jouaient, les mystérieuses petites maisonnettes en bois qui bordent l'arc de cercle de la plage, toutes invariablement blanches, et plus ou moins défraîchies, désignées par un nom que je ne pouvais pas lire d'où j'étais, sésames qui m'étaient interdits. Les cris des oiseaux marins que je ne savais pas distinguer, les drisses des voiliers amarrés qui faisaient leur bruit de clochette un peu strident, le sac et le ressac incessants de l'eau sur le sable qui saturaient mes sens, tellement que par moments, j'avais envie de m'enfouir sous ma serviette, épuisée.

Je ne pouvais pas, j'aurais mis du sable.

*

Le corps est une mécanique étonnante à pilotage automatique intégré. J'ai avancé sans m'en rendre compte, noyée par la vivacité de mon passé. Le froid saisissant me sort la tête de la vase. Ces traces de ma première arrivée sur cette île rouvrent mes plaies mal suturées. Mon enfance ressemble à un vaste chaos. Ma vie puait la défaite. Tout y était rituel, au cas où vivre serait mortel. Et je faisais comme eux. Mon père et ma mère. Mes modèles. J'étais posée dans un coin, je ne faisais pas de bruit, je laissais la vie s'écouler grain à grain sans vraiment y participer, je ne savais pas encore que je ne vivais pas vraiment. Mais confusément je sentais que j'étais hors champ. Que la joie ne faisait pas partie de mon programme. Ni l'enthousiasme ni la témérité. Ni l'envie de rien. Je le sens, maintenant que cette peur est devenue plus forte que tout et que je dois lutter pour qu'elle ne m'étouffe pas. Fuir soigneusement mes souvenirs d'enfance ne m'a pas évité les souffrances. Les nœuds que je sens partout dans mon corps me le rappellent.

À force, je finis par joindre Anse rouge. Sur la petite plage que je retrouve, la lumière de février est blanche, rase, et le ciel bas. Ça donne au rivage une allure fantomatique. Les nappes de froid, presque solides dans l'air, font flotter le décor. Les bateaux ont disparu, rangés pour l'hiver. Les petites cabines de bain sont fermées et lépreuses. Seul le vent chante. Les effluves de ceux que j'ai rencontrés sur cette plage me prennent d'assaut sur-le-champ.

Des dieux. C'est comme ça qu'ils me sont apparus il y a si longtemps déjà, dès qu'ils ont pénétré mon champ de vision, s'imprimant immédiatement et pour toujours sur ma rétine, et dans mon corps. L'esprit englué dans le sable et la mémoire d'Anse rouge, je peux presque encore ressentir leur présence, cette sensation physique envahissante qu'ils provoquaient, à cause de cette façon particulière d'habiter leur corps avec intensité, baptisés par les brûlures du soleil et du sable et du sel sur leur peau si étonnamment brune. Sur ce territoire, où l'éternel mouvement de la mer est un épuisement des sens, ils ressemblaient à une troupe de soldats qui s'ébroue au seuil des vagues, gardiens d'une frontière imaginaire, dans les éclaboussures de lumière, les armes dressées.

J'ai espéré d'eux qu'ils accomplissent des prouesses pour me délivrer. Une histoire de princes et de princesses comme toutes les histoires. J'y ai cru, parfois. Ils m'ont cajolée comme un oiseau docile qu'on aurait soigné pour mieux l'assoiffer dans sa cage. J'aurais dû comprendre au premier regard qu'ils allaient me faire du mal.

Alors je décide de convoquer les détails et de retracer ces jours passés ici pour comprendre comment ça a dérapé. Je rebrousse chemin jusqu'à la suite de ce premier été.

*

Le jour où ils sont venus à moi, j'étais à l'abri de la vie sur ce rocher devenue ma citadelle, prise dans une de mes histoires de petite fille, silencieuse et immobile, mais la pensée galopante. Une giboulée de sable reçue en plein visage m'a fait sursauter. Mon cœur a fait une ruade, j'en ai eu le souffle coupé. Terrorisée, je n'osais pas regarder dans la direction d'où était venue cette agression. D'instinct, je me suis retournée vers ma mère. Elle n'avait pas bougé, rien vu, rien entendu. Je n'avais produit aucun son. La stupeur m'avait rendue muette. La sieste était sauve. Le monde pouvait reprendre son mouvement sans bruit. Il suffisait que je récolte un à un les grains qui avaient pénétré la forteresse pour effacer toute trace d'effraction. J'ai commencé par cracher sans bruit le sable que j'avais dans la bouche, toujours retournée, effrayée à l'idée d'avoir avalé toutes les cochonneries que ma mère me promettait, cachées sournoisement dans la blondeur dorée et mensongère de la plage. J'allais sûrement mourir. Mais c'était forcément ma faute.

– Eh ! Qu'est-ce que tu fais ?

C'est un garçon que j'ai vu d'abord quand j'ai timidement lancé un regard par-dessus mon épaule. Ses yeux sombres étaient fixés sur moi avec une ardeur qui m'a mordu le cœur. Sa peau mate brillait dans les éclats du jour. Les ombres des grands arbres qui faisaient un ciel de lit au-dessus de nos têtes dessinaient de la dentelle sur son torse. L'un de ses poings était posé sur sa jambe un peu repliée, le visage relevé dans ma direction, un œil fermé à cause de l'éblouissement du soleil. Et de l'autre main il égrenait le sable qui lui restait. Je me suis sentie happée, fascinée par cet appétit féroce du monde, cette conviction de toute-puissance qu'il avait inscrite sur ses traits. Ses petits muscles d'enfant saillaient déjà si nettement sous la surface de ses bras et de ses cuisses. Ses cheveux mouillés étaient tirés vers l'arrière et laissaient son regard brûlant enflammer toute la surface de son visage.

Il a tendu sa main vers moi pour m'aider à descendre de mon promontoire vers l'eau, et ce mélange de grâce absolue et de dévoration m'a ravie sur-le-champ. Bien plus tard, quand au collège on étudierait les *Métamorphoses*, je repenserais à ce moment où un dieu était descendu sur Terre pour m'attraper et m'enlever moi aussi et, stupidement, je me sentirais élue.

– Viens, il a dit d'une voix étrangement rauque.

J'ai tourné la tête vers mes parents, terrassée d'inquiétude à l'idée de contrevenir aux règles. Et puis j'ai à nouveau regardé vers lui, terrassée d'inquiétude à l'idée de le suivre. Il n'était pas seul. Une troupe l'entourait dont il semblait à première vue être le chef. Mais peut-être pas. Une fille qui paraissait un peu plus âgée s'est rapprochée de moi d'un pas ferme et a attrapé mon bras.

– Arrête de nous regarder bêtement et viens maintenant. Et elle m'a traînée jusque dans les vagues.

La brutalité de son geste m'a laissée croire un instant qu'elle allait me noyer. Là elle s'est baissée, a tiré plus fort sur mon bras. Elle le tenait si serré qu'il m'élançait. Mon corps forcé s'est penché et elle m'a éclaboussée à grandes giclées sans prévenir. Je n'ai pas osé protester. J'ai fermé ma bouche, crispé si fort mes mâchoires que longtemps après la scène elles sont restées douloureuses.

– Voilà c'est fini tu es propre.

Et elle m'a lâchée pour rejoindre la troupe restée à l'écart. Son ton était acéré et méprisant. Je tremblais de la tête aux pieds, de terreur et d'exaltation mêlées. Ils ont remonté la plage vers les cabines en sautillant, me laissant paniquée au milieu des flots. À mi-hauteur, elle s'est retournée.

– Suis-nous.

C'était un ordre. Indiscutable. J'étais partagée entre la peur qu'ils m'inspiraient et une sensation inconnue qui m'ouvrait la poitrine et y faisait un appel d'air. J'ai choisi le tourbillon.

Le temps que je les rejoigne, elle était grimpée sur le balconnet d'une des cabines, la plus délabrée, celle qui n'avait plus d'escalier. Elle avait ouvert la porte des « Flots » et distribuait déjà de grandes pelles métalliques. Quand l'un des petits soldats avait reçu son outil, il disparaissait sous l'abri. J'étais la dernière, encore hésitante, à l'écart de la queue leu leu qu'ils avaient organisée. Elle est ressortie une dernière fois. Quand elle m'a vue, un peu en recul, elle a tendu son bras droit vers l'arrière comme pour un lancer de javelot, me menaçant de la pointe d'un outil rouge bien trop grand pour moi, son corps tendu dans ce geste de défi. J'ai sûrement courbé l'échine en la regardant.

La contre-plongée la faisait immense, sorte de statue de la Liberté flanquée d'une arme. Elle aussi était dorée. Sa longue crinière foncée lui descendait très bas dans le dos, et faisait une cascade désordonnée. Son torse était nu, offert à la lumière du jour, et je trouvais cette désinvolture renversante. Elle est passée sans prévenir de son air renfrogné à un éclat de rire exagéré, presque gênant, plus inquiétant encore que sa mine fermée.

J'ai senti une main qui me tirait la cheville pour me sauver.

– Allez viens, on creuse.

Les yeux sombres me souriaient du dessous de la cabine. Je me suis accroupie sous le balconnet et je les ai vus à l'ouvrage, à plat ventre sous le plancher, vautrés dans le sable sale et les dépôts laissés par les marées au fil des saisons. Les grains dorés faisaient des traînées de voies lactées qui étincelaient sur leur peau d'aventuriers. Je me suis crispée en voyant la rouille, les écailles de peinture, les planches qui menaçaient ruine, et le plastique sous toutes ses formes qui stagnait là, comme autant de possibles dangers.

– On planque nos trésors. T'as pas intérêt à le dire. Jure que tu le diras pas.

– Jure, a répété la fille qui nous avait maintenant rejoints dans le sable, en m'attrapant le menton de sa main ferme.

Baptême du feu en forme de promesse à la vie à la mort. Je n'ai pas eu le temps de jurer.

– Sors de là ! a hurlé la voix stridente de ma mère, alors qu'elle me tirait déjà par la nuque, par les cheveux, ce qui dépassait pour s'y cramponner, et me traîner hors du trou.

Elle avait accroché à la place de son visage la grimace effrayante qui la recouvrait sans prévenir. Son angoisse lui faisait alors comme des tentacules qui lui sortaient par les orifices.

Je n'ai pas regardé vers eux. Je me sentais éclaboussée par la transformation monstrueuse de ma mère. Des larmes s'échappaient de mes yeux en flots réguliers. Et je ne savais pas si je pleurais pour la sanction à perpétuité qui m'attendait ou pour ce sentiment d'humiliation que je découvrais.

Après ça, retour au point de départ. La cage. Le mètre carré de serviette. Et un lavage acharné de mes pieds et de mes mains avec l'eau du goûter. Le décrassage s'est prolongé le soir, sous la douche du camping où elle a frotté ma peau avec frénésie. Le dîner, lourd de ses tempêtes, nous a laissés rompus, mon père et moi.

Au moment du coucher, il m'a longuement caressé les cheveux, attendant que je m'endorme de l'infinie patience qu'il déployait toujours pour me consoler. Mais ce soir-là, pour la première fois, j'ai fermé les yeux en espérant qu'il s'en aille.

Seule, enfouie dans mon duvet haute montagne garanti protection anti-froid jusqu'à -8 degrés, rempart contre les nuits fraîches du bord de mer – sait-on jamais –, je les ai rouverts sur le ciel étoilé que je distinguais à travers la petite fenêtre en plastique. J'ai suivi avec mon index les grands points de la couture blanche qui attachait cette partie à la toile. Au-dessus de moi, juste au-dessus, il y avait la nuit et la lune et le vent léger du soir qui faisait bouger le tissu, comme la voile d'un bateau. Je me suis sentie étouffer sous ces couches de protections, j'ai ouvert la fermeture éclair de mon duvet très doucement pour ne pas faire de bruit, et je me suis faufilée en dehors de l'amoncellement de chaleur. Allongée sur le tas, j'ai soulevé ma chemise de nuit jusqu'à mes épaules et laissé la fraîcheur recouvrir mon corps nu et si blanc, entrer par les pores de ma peau, me raidir sous ses assauts. Je sentais son souffle me parcourir d'un picotement inconnu qui est venu rejoindre la farandole des sensations nouvelles qui m'assaillaient. Je repensais confusément à cette rencontre, sans la comprendre. Cette irruption avait déchiqueté le film plastique dans lequel j'étais emballée depuis toujours pour ne pas m'abîmer. L'air frais que je laissais venir à moi balayait la longue suffocation qui l'avait précédé. Ça faisait du bien, mais ça faisait peur aussi.

Le jour suivant, on a changé de plage. On en a trouvé une très grande, avec une allée de planches en bordure, et un ponton qui ressemblait à un échassier géant planté dans la mer, au bout duquel on distinguait une file de plongeurs impatients qui y grimpaient pour se jeter à l'eau en faisant des pirouettes. Et une foule impressionnante partout. Il a fallu faire la queue pour accrocher nos vélos, puis faire la queue pour descendre sur le sable, trouver une surface suffisante pour poser nos affaires. Autour de nous, les cris et les jeux de ballons, et les allées et venues, et les appels du glacier, du crêpier. Partout l'odeur de gras et de sucre et les mouvements sans fin des vacanciers nerveux. On est repartis plus vite que d'habitude. On a fait la queue pour remonter puis récupérer nos vélos. J'entendais les soupirs agacés de ma mère et le silence pesant de mon père qui ne trouvait aucune consolation pour une fois.

Le lendemain, on retrouvait Anse rouge.

– C'est elle.

À peine descendus sur la plage par le petit passage, je me suis trouvée face à mes compagnons de jeux. La fille, avec son air crâne et sauvage et son torse toujours nu, me montrait du doigt à une très grande femme, tandis que le garçon plantait ses yeux dans les miens, le poing calé sur l'aine, le buste penché vers l'avant, dans une posture qui donnait l'impression qu'il était toujours sur le point de sauter sur son interlocuteur. Il n'avait pas dû se baigner encore, et le miracle du contraste de sa blondeur éclatante et de sa peau mate se révélait dans toute sa splendeur inattendue.

D'une main autoritaire, la dame a abaissé l'index pointé dans ma direction et s'est approchée de mes parents. Elle retenait de ses doigts recouverts de bagues un chapeau de paille à large bord, et cachait ses yeux derrière d'immenses lunettes de soleil, qu'elle n'a pas pris la peine de relever. Elle était vêtue d'une chemise de plage transparente et soyeuse d'un violet flamboyant qui, porté par elle, ne semblait même pas excessif.

– Bonjour. Mes petits-enfants attendent avec impatience de jouer avec votre fille. Je suis leur captive sur cette plage depuis deux jours. Ils prétendent que vous ne la laisserez pas les suivre si la demande n'émane pas d'un adulte. Ils peuvent être très pénibles quand ils ont quelque chose en tête. J'ai préféré obtempérer.

J'ai regardé mes deux parents, leurs bras ballants, leur bouche vide, et je les ai vus fléchir sous la puissance du feu, se ratatiner devant cette femme qui s'était adressée à eux en découpant chacun de ses mots avec une précision incisive. Elle en attendait l'effet avec délectation, une moue discrètement condescendante, certaine de les terrasser sans effort.

Ma mère a été prise de court, elle m'a lâché la main. Je me suis engouffrée dans la brèche sans aucune hésitation. J'ai parcouru la distance qui me séparait de l'autre camp. Mon cœur a fait un bond.

– Garde ton chapeau surtout… elle a hoqueté.

– Je suis là, a conclu la grand-mère.

Et de cette démarche dansante si particulière qu'ont celles qui ne se chaussent que de talons quand elles en descendent, elle a regagné le transat installé devant la cabine sous laquelle reposait le trésor de guerre et a ouvert le livre qui l'y attendait. Je me souviens très bien de ce mélange de nonchalance et de précision, de ces gestes qui semblent laisser dans l'air autour d'eux une trace de la grâce avec laquelle ils ont été effectués, comme quand un pianiste suspend son geste au-dessus du clavier, le poignet cassé, en apesanteur, les notes de la fin de morceau encore vibrantes dans le silence. Elle s'est assise en sirène sur le bord de la toile tendue, a soulevé un à un ses pieds pour y déloger le sable, puis a posé ses longues jambes fines croisées l'une sur l'autre, face au soleil.

En plus de vouloir être cette fille et ce garçon, j'ai immédiatement voulu être cette femme aussi, son élégance, sa force, sa certitude. En même temps que j'ai su que ça n'arriverait jamais.

Le garçon a interrompu mon instant de fascination.

– Viens, on va à l'intérieur pour être tranquilles.

Il a entrecroisé ses doigts dans les miens, très serrés, et m'a entraînée à leur suite vers « Les Flots », qui rayonnait de blancheur en plein soleil. Et sa main faisait une tenaille autour de la mienne.

Je n'étais pas très dégourdie. Ils m'ont aidée à grimper, un sourire en coin sur leurs lèvres. Puis, ils ont fermé la porte derrière nous en la calant avec une vieille chaise longue à moitié désossée et ils ont ajouté un tas par-dessus avec ce qui traînait aux quatre coins de la petite pièce. Je suis restée figée contre un des murs, je les observais sans savoir ce qu'ils exigeraient de moi. Ils accomplissaient toute chose avec une assurance et un sérieux inquiétants. Je ne me sentais pas confiante seule avec eux dans cet endroit sale et isolé des regards. Ils ne me semblaient pas gentils. Ils me semblaient féroces. Mais tellement désirables.

– Tu t'appelles comment ? a demandé la fille pendant qu'elle cherchait quelque chose dans une malle en osier qui encombrait la très petite pièce.

Elle avait dans la voix la même violence aiguisée que celle qu'elle avait eue dans ses gestes quand elle m'avait traînée dans l'eau pour me rincer deux jours auparavant.

– Marie Rousseau.

Ils ont d'abord éclaté de rire.

– Marirousso ! elle a répété avec une voix exagérément pointue et pleurnicharde, en se mettant au garde-à-vous.

Je me suis sentie ridicule d'avoir répondu à la façon d'une écolière bien élevée. Puis ils m'ont longuement dévisagée des pieds à la tête et se sont regardés avec complicité comme pour jauger de l'adéquation de ce prénom et de ce nom avec ce qu'ils voyaient de moi.

– On va se déguiser, Marie Rousseau, elle a décidé.

Elle s'est approchée de moi, ses bras encombrés de tissus bariolés.

– Pousse-toi, Phine. Je m'occupe d'elle, et il l'a bousculée pour se planter devant moi.

Je n'ai pas compris à ce moment ce qu'il disait, ce que signifiait ce « Phine ». Ils utilisaient les mêmes mots que moi mais leur langage m'était étranger. Leur façon de faire comme si je n'étais pas là, de se comprendre intuitivement dans leur ballet de gestes et de postures m'excluait du jeu. Je me sentais comme un animal pris au piège à qui ils auraient voulu apprendre à faire des numéros savants, un accessoire de plus au milieu du reste.

Le garçon m'a tirée vers lui.

– Je sais ce que je vais faire.

C'est à ce moment qu'il m'a offert son premier sourire. On aurait dit qu'un tendeur avait lâché quelque part à l'intérieur et que sa ténacité qui, un instant plus tôt, m'effrayait, se répandait en douceur. Ses lèvres se sont démesurément agrandies. Elles étaient fines, d'un rouge foncé presque marron, maquillées par le soleil. Puis elles se sont retroussées sans prévenir, pour me laisser entrevoir deux grandes incisives encore neuves, à peine séparées par un léger vide. Comme un point d'exclamation joyeux au milieu du visage. J'ai oublié le décor, la fille, et je n'ai plus vu que lui pour quelques instants. J'aspirais à grandes lampées tous les détails que je pouvais glaner. Ses narines gonflées. Ses yeux si foncés qui rendaient son regard perturbant d'opacité. Deux gouttes de café serré dans une mare laiteuse.

Il m'a regardée avec une curiosité mêlée d'une sorte de délectation comme devant un gâteau dont on va se régaler. Et puis d'un seul coup ça a été la tempête. Il a soulevé un déchaînement de mouvements pour choisir des foulards, des morceaux de vieilles étoffes oubliées, m'en recouvrir en les faisant tournoyer autour de mon corps, puis m'en débarrasser avec mécontentement et brusquerie.

– Enlève ton t-shirt, ce sera plus beau. On le voit sous les tissus, c'est moche.

Il s'est radouci.

– Lève les bras, je vais t'aider.

Il a dû sentir une résistance. Il a posé ses doigts sur ma joue très doucement. Il l'a caressée un moment. Puis sans quitter mes yeux, il a glissé sa main le long de mon buste et a soulevé le bas du maillot que je tenais fermement. Il a fait non de la tête et me l'a enlevé.

Je n'ai rien dit. Je l'ai laissé faire parce qu'à cet instant, je me sentais choyée et choisie pour la première fois. J'ai cédé, et je suis devenue sa prisonnière.

Une fois qu'il a eu obtenu ce qu'il voulait, il a repris sa danse jusqu'à ce qu'il s'arrête triomphalement, posté les jambes écartées devant moi. Il a fait une sorte de révérence et m'a tendu la main en disant :

– Voici la princesse Marie.

J'ai pensé qu'il avait retenu mon prénom. J'ai souri à cette victoire. Il m'a entraînée dans une danse endiablée que je n'ai pas osé singer, me laissant simplement enlacer et secouer.

Et puis « Phine », qui était restée dans un coin pour observer la séance d'habillage, a fait irruption dans mon champ d'émotions. Elle s'est précipitée sur nous et a tiré sur le plus grand des tissus qui me faisait une robe et m'a dénudée.

– Elle est moche ta princesse, on dirait une bonniche, elle a dit, et elle est sortie de la cabane.

Je ne savais pas exactement ce que signifiait ce terme, mais je savais que c'était insultant. Ma mère l'employait quand elle était fatiguée par les tâches ménagères qu'elle s'imposait sans relâche.

« J'en ai assez d'être la bonniche de la maison », elle nous jetait à la figure, à mon père et à moi, pendant qu'on finissait d'éplucher quelque chose pour l'aider.

Je suis restée figée, les bras croisés sur mon buste, blessée par ses mots et mortifiée par ma presque nudité.

– Tu viens, Augustin, elle a ajouté et elle a claqué la porte derrière elle.

– Ce qu'elle peut être con ! il a dit.

Mais il a esquissé un pas vers la porte, avant de me tendre mon t-shirt. Je me suis sentie ridicule, insignifiante. Coupable de quelque chose à nouveau. On est sortis au grand jour. Le vent s'était levé et de minuscules tourbillons de sable tremblaient au-dessus du sol par endroits. La grand-mère avait disparu, laissant son transat dans le sable. Mes parents s'étaient installés juste à côté de la cabane et ma mère s'est précipitée vers moi quand elle m'a vue réapparaître. Elle m'a attrapée comme on le ferait avec un très jeune enfant pour me faire descendre du balconnet et m'a portée jusqu'à la serviette, saine et sauve, pendant qu'Augustin détalait.

Quand j'ai pu jeter un œil vers « Les Flots » j'ai vu la fin de leur course en direction de l'escalier qui menait à la plage, pieds et torse nus, sans une affaire avec eux. Ces deux-là apparaissaient et disparaissaient à la manière des mirages et j'aurais presque pu croire qu'ils n'étaient que le fruit de mon imagination.

« Augustin, Augustin », j'ai murmuré, comme une formule qui serait magique, une petite prière. Au moins maintenant, je savais le sien, de prénom.

Après cet épisode, le temps avait été gris et pluvieux pendant plusieurs jours. On en avait profité pour visiter le château médiéval de Noirmoutier, une serre aux papillons, manger des crêpes. S'ennuyer terriblement. D'un seul coup, le bruit de la pluie ne me suffisait plus. Ma solitude, que j'avais toujours supportée sans vaillance comme on supporte ce dont on n'a pas conscience, devenait subitement pesante, et ma vie entière, insipide. Je pensais à cette peau ensablée que j'aurais voulu oser effleurer, juste pour voir si mes doigts seraient brûlés vifs, ce sourire d'enfant moqueur, cette tempête de oui et de non, la frénésie de vie d'Augustin. Et puis cette fille, si impressionnante et intouchable. Cette découverte m'avait déjà transformée. Et j'attendais avec une impatience soudaine et nouvelle le retour du soleil.

Il est revenu. Mais pas eux. Pas tout de suite.

Quand on est retournés à Anse rouge, la porte et les volets de la cabane étaient clos. Et personne ne m'attendait au bas du petit escalier pour me prendre par la main. Il n'avait fallu qu'une fois pour qu'ils me deviennent indispensables. Ce jour-là, le temps s'est étendu dans une nappe de gris indistincts : le respect scrupuleux des horaires du goûter, la baignade très surveillée, ma mère qui faisait les cent pas pour m'emmailloter sitôt sortie de l'eau, ses gestes inquiets comme une succession incessante de sauvetages. Et surtout, l'attente déjà insensée de leur arrivée, du haut de mon bout de rocher, pour qu'ils m'emportent à l'aventure.

Le lendemain, ils occupaient la place. Mais j'aurais préféré ne pas les voir. Toute la troupe de la première fois était réunie, « Phine », Augustin et d'autres enfants plus jeunes. Quand on est arrivés, je les ai vus à l'autre bout de la plage, creusant frénétiquement dans le sable sous un rocher en surplomb, maniant les pelles avec vigueur. « Phine » et Augustin organisaient les travaux le poing sur la hanche pendant que les plus petits s'activaient, presque engloutis dans les profondeurs du sol.

Je les ai longtemps observés, et espérés, assise sur ma hauteur, tendue vers eux. L'idée de les rejoindre ne m'a même pas traversé l'esprit. J'attendais qu'ils m'animent.

De loin, j'ai vu que le chantier prenait fin, et qu'une cavalcade se préparait. Je me suis levée d'un bond quand je les ai vus démarrer à l'autre bout de la plage. Ils sont passés à proximité de notre installation de serviettes, en soulevant un nuage de sable qui a fait râler les vacanciers autour de nous.

Aucun des deux n'a tourné la tête vers moi. Ils n'ont pas pu ne pas me voir. Ils n'ont pas voulu me voir. Je suis restée un long moment à regarder l'endroit où ils avaient disparu, toujours le même, après avoir avalé d'un bond les marches de l'escalier. Je me suis sentie disparaître.

La suite des souvenirs forme une surface incertaine, chancelante. Je croyais alors que plus jamais cette flamme que j'avais sentie crépiter à l'intérieur de moi ne serait allumée. Pourtant, l'avant-veille de notre départ de l'île, la surface s'est déchirée l'espace d'un grand éclat de lumière. Augustin m'attendait seul, assis sur la dernière marche de l'escalier d'accès à la plage. Il avait creusé un trou, enfoncé ses pieds et les avait recouverts, comme tous les enfants du monde. Il laissait filer des poignées de sable entre ses doigts serrés et regardait vers l'horizon, avec une grimace. En nous voyant, il a fait l'ascension des marches qui nous séparaient d'un sursaut de son corps.

– Ma grand-mère invite Marie à venir jouer chez nous, il a dit en regardant ma mère droit dans les yeux et l'air hautain.

Il a attrapé ma main et a fait mine de s'éloigner. Il avait pris la peine de prévenir, c'était déjà pas si mal.

– Où est ta grand-mère ? Je ne la vois pas sur la plage ?

Mon père lui a gentiment barré le chemin.

– Marie peut venir jouer avec vous à condition qu'on sache où elle est. Tu comprends ? il a ajouté.

– Là-haut !

Augustin a répondu en montrant du doigt l'esplanade qui bordait la plage d'un côté et qui semblait presque suspendue dans les airs, au milieu de grands pins dont les branches se balançaient mollement. Il a soupiré en regardant vers la mer, dédaigneux et agacé d'avoir à donner des explications. Ma mère a souri en sifflant un « bien sûr » du bout des lèvres.

– Tu habites dans la grande villa ? Vraiment ?

– Non, j'y habite pas. Ma grand-mère non plus. C'est notre maison de vacances.

– Allons voir, a dit mon père, toujours conciliant.

Nous sommes remontés vers l'endroit où on accrochait les vélos et pour la première fois j'ai remarqué que le mur qui longeait le chemin était en réalité la clôture d'une propriété. Il cachait à peine un grand jardin très sec qui contrastait avec l'accumulation de pelouse grassement arrosée de l'endroit où nous habitions, nous. Et posée juste au bord de la roche, il y avait une grande bâtisse très en hauteur. Le mur était bas. On pouvait voir ce qui s'y passait pour peu qu'on s'y intéresse. Augustin a pris de l'élan et a sauté dessus en s'y accrochant de ses pieds nus. Une fois grimpé, il a crié « grand-mère » très fort. Au bout de quelques minutes, la femme à la chemise violette est sortie de la maison par une porte-fenêtre et a mis ses mains en visière pour voir de quoi il s'agissait, l'air contrarié. Ce jour-là, elle était plutôt verte avec des fleurs.

– Marie, elle peut venir jouer ?

J'ai eu peur qu'il se fasse disputer, à cheval sur ce mur.

– Qui est Marie ?

– Marie n'est pas invitée, tu vois bien... a supplié ma mère en tirant sur le bras de mon père.

– Viens voir ! a commandé Augustin à sa grand-mère.

Elle avait, coincée entre l'index et le majeur de la main droite toujours très tendus, une cigarette incroyablement fine qu'ensuite je n'ai jamais vue fumée par personne d'autre. Même de loin, on voyait qu'elle était dérangée. Sa courtoisie cachait mal son animosité. Mais je ne pouvais pas la détester parce qu'elle était si belle, si gracieuse, les épaules en arrière et le menton relevé juste ce qu'il faut pour défier le monde sans en avoir l'air. Elle s'est approchée du bord de la terrasse qui jouxtait la maison. Elle a glissé ses pieds dans des sandales qui me semblaient minuscules, et qui l'attendaient là dans l'allée. Elle vivait pieds nus dans sa maison et cette seule idée me paraissait invraisemblable. Elle s'est enfin approchée.

– Marie, tu sais... Elle est venue dans la cabane l'autre jour. On s'est bien amusés. Elle peut venir jouer avec moi ?

– Ah oui, cette Marie aux parents très anxieux. Bonjour. Oui bien sûr. Je veille, pas d'inquiétude, elle a dit en tournant le dos et sans attendre de réponse.

Ma mère faisait non de la tête et mon père semblait hésiter lui aussi. Je n'étais jamais allée jouer chez personne. Alors Augustin a sauté sur le chemin, serré ma main, et m'a entraînée vers le portail un peu plus loin, sans demander son reste.

Et j'ai pénétré dans l'Olympe.

Sur le tapis de sécheresse, nos pas étaient craquants. Il m'a montré chaque recoin du jardin : la remise avec une quantité impressionnante de vélos – pour tous les cousins et les parents aussi – le cabanon aux outils, les bosquets partout, les arbres dans lesquels on pouvait grimper, la terrasse derrière la maison qui était un peu interdite aux enfants et puis ses trésors à lui, pas ceux qu'on cachait sous la cabane de la plage. Les plus précieux. Ceux qu'il gardait pour lui. Une médaille dorée, un petit canif très pointu, des branches aux formes étranges, une petite statuette sans tête, des plumes d'oiseaux.

– Faut pas dire à Joséphine où je le cache. Elle me volerait.

Je me suis sentie stupide de n'avoir pas compris tout de suite le mystère du mot « Phine ».

– C'est ta sœur ?

J'ai presque sursauté de mon audace.

– Oui. Elle est méchante parce qu'elle a onze ans et que j'en ai dix. Elle se prend pour la cheffe.

Le paysage de ses yeux s'est transformé en terre aride l'espace d'une seconde. J'ai cueilli cette impression pour la coller dans mon album mental.

– Viens, on va jouer à cache-cache. Toi et moi contre elle, sinon c'est pas juste. Je vais la chercher.

J'ai attrapé au vol ce « toietmoi » pour en faire un cadeau. Je ne voulais pas être contre elle, mais je voulais être avec lui. Il était la main tendue vers leur monde. Alors il m'a faite son alliée. Je l'ai suivi. Pourtant, juste à l'entrée de la maison, il a posé fermement sa main sur mon épaule pour stopper mon élan et m'en barrer l'accès. Il m'a demandé d'attendre. J'étais là oui, mais seulement à moitié autorisée. Il existait une frontière infranchissable entre nous, malgré tout. Je me suis docilement assise exactement à l'endroit qu'il avait montré. L'attente m'a paru durer une éternité. C'était sûrement le cas. Est-ce qu'il fallait convaincre Joséphine de venir jouer ? Est-ce que Joséphine refusait de jouer avec moi ? Je l'imaginais qui lui demandait de me chasser. Incertaine et mal à mon aise, inquiète de cette absence qui s'éternisait, je regardais les oiseaux sautiller dans la frondaison des grands arbres. Je n'osais pas bouger. À peine respirer. On percevait le chahut de la marée assourdi par l'éloignement dû à la surélévation du jardin. Il y avait une sorte de décalage entre la mer à perte de vue juste derrière, qui entourait toute chose de sa présence, et la perception du bruit qui paraissait lointain. Ça donnait une impression d'étrangeté à ce lieu, qui semblait exister en retrait de la réalité, dans une bulle.

Ils ont fini par sortir, agglutinés l'un à l'autre. Chacun finissait de grignoter une tartine de confiture. Aucun des deux n'a pensé à m'en proposer. Pour Augustin, Joséphine semblait tout à la fois l'ennemie à terrasser et à conquérir. Elle a pris d'assaut une chaise longue, affalée mais royale, léchant ses mains sucrées, sans un regard pour moi, mimant sa grand-mère. Et puis sans nous prévenir de l'ouverture des hostilités, elle s'est mise à compter très fort...1, 2, 3 !

Augustin m'a posé un doigt sur la bouche, il a chuchoté doucement « Ça commence » et il m'a fait signe de le suivre pendant que son visage s'allumait. Avec mille précautions, il a ouvert puis refermé derrière nous la porte de la remise. L'odeur des vieilles choses m'a piqué la gorge. Le sol était jonché de feuilles mortes, de morceaux de bois, de cailloux.

– Mais dépêche-toi, il a dit dans un éclat d'agacement, et il m'a tirée par le bras. On va perdre à cause de toi.

On s'est cachés derrière un amoncellement de planches posées verticalement contre le fond et il nous a recouverts d'une grande toile piquée de moisissures. J'ai fait une grimace de dégoût.

– Chochotte. Si on perd c'est ta faute !

Quand on a entendu la porte grincer, il m'a serrée contre lui d'un bras et il a plaqué son autre main sur ma bouche de toutes ses forces. Il a posé son front contre ma joue, avec brusquerie, resserrant son étreinte pour me bloquer encore plus. J'ai senti l'odeur puissante de ses cheveux salés par la mer et baignés d'une odeur acide de transpiration enfantine. Enivrée, j'y ai fourré mon nez et pris une grande inspiration, exactement comme je faisais avec les livres de la bibliothèque. C'était la même odeur d'aventures.

La porte a grincé à nouveau, le danger s'éloignait. Il s'est reculé, à peine, pour pouvoir me regarder. Nos souffles se mélangeaient dans le même air. J'étais prise de vertige, ballottée dans tous les sens par les secousses qu'il m'imprimait. Viens. Ne viens pas. Bonniche. Princesse. J'avais l'impression d'être un papillon pris dans un filet, à qui on ne rendra pas sa liberté mais à qui on fait croire le contraire en le laissant voleter faiblement dans ses rets. Avant de l'épingler dans sa collection avec l'inscription « *Marie du bord de mer* ».

Au bout d'un long moment silencieux, il a dit « Viens » à nouveau. Et je suis venue encore.

Il a ouvert la porte sans plus se soucier du jeu. Joséphine avait disparu, déjà lassée. Il a avancé vers le fond du jardin et a semblé disparaître, avalé par la falaise.

– Viens ! j'ai entendu encore une fois et je l'ai suivi, inquiète.

Derrière la maison, au bout du jardin et au-delà de la terrasse interdite, on trouvait un chemin escarpé, à peine dessiné dans le sol moitié terre moitié roche. J'entendais la voix d'Augustin, mais je ne pouvais pas le voir. Et puis lorsque le chemin a tourné légèrement, il m'est apparu, assis sur une sorte de tertre, suspendu au-dessus des flots, les yeux fixés sur l'horizon. Il s'est levé pour m'aider à sauter la dernière marche. Il m'a assise à côté de lui, et il a entouré mes épaules avec un de ses bras. Le dernier instant que nous avons partagé avant que je quitte l'île cette année-là était une promesse.

– Je pars demain, j'ai dit.

Il s'est retourné vers moi, vivement. Il semblait interloqué, étonné que cette idée puisse se réaliser, déjà certain de mon appartenance.

– Pourquoi ?

– Je rentre chez moi, j'ai dû répondre.

– Mais les vacances ne sont pas finies.

Je n'ai rien répondu. Ses dix ans étaient déjà si pleins de certitudes. Il pensait que le temps lui obéissait. Et il ne semblait pas comprendre qu'il puisse en être autrement pour certains autres. La perception qu'il en avait incluait la langueur des mois qui s'allongent, la possibilité de la vacuité, tandis que la mienne, la nôtre avec mes parents, était construite autour de l'idée de nécessité.

– Alors attends, il a dit en disparaissant à nouveau.

Je me souviens d'avoir eu terriblement peur qu'il m'oublie dans cet endroit comme il m'avait oubliée un long moment dans le jardin un peu avant. J'ai distinctement pensé que j'allais mourir sur cette hauteur où personne ne pouvait me voir. J'ai imaginé que la mer allait monter jusqu'à moi et je me suis plaquée contre la roche dans mon dos. Pas une minute je n'ai pensé le suivre, ne pas rester seule. Fuir.

Il avait dit « Attends » et j'attendais.

Et puis d'un seul coup il était devant moi. Et il me tendait la minuscule statuette décapitée qu'il m'avait montrée plus tôt dans l'après-midi. Un de ses trésors.

– Tu penseras à moi.

Il était debout, la main ouverte avec en son centre le minuscule objet que je n'osais pas prendre, moi prosternée, lui conquérant. Et sa demande était un ordre à accomplir.

On est remontés dans le jardin. Et il est entré dans la maison en criant un « Salut » sans un dernier regard vers moi qui me tenais hésitante, et le poing serré sur son offrande.

*

Je sors des flots débordants de ma mémoire. J'aspire l'air froid et la brûlure dans mes poumons me réveille de cette plongée en eaux troubles. Le jour décline sur Anse rouge. Je suis affalée dans le sable, posée où l'attraction du souvenir m'a assise. L'horizon découpe la côte en une ligne floue qui danse mollement devant mes yeux. Une impression de tangage me saisit. Je laisse passer le vertige en fermant les yeux, j'attends d'être compacte à nouveau. Quand je suis suffisamment revigorée, je profite de la marée basse pour me glisser sous les rochers qui supportent la Villa. Je cherche à distinguer du dessous le tertre des serments et des mensonges mais il se dérobe à ma vue, noyée dans le début de nuit. Le souvenir de cette autre fois où il m'y a emmenée m'effleure, mais je chasse ce remugle loin de moi. Pas tout de suite. J'écoute le vacarme de la mer et je le laisse me contenir ici et maintenant.

Quand je reprends le chemin vers le centre du village, j'ai à l'intérieur la sensation d'avancer à contre-courant. La nuit sur mes épaules et les effluves du passé pèsent des tonnes. Le retour jusqu'au centre dure une éternité d'efforts. J'ai l'impression de flotter entre deux eaux, un pied dans les flaques de souvenirs et l'autre dans les brumes d'un présent que je n'habite pas vraiment. Le silence du soir sur l'île d'hiver abandonnée est plein des échos des étés d'avant.

Je retourne à la voiture qui hoquette un moment avant de démarrer. Je ne veux pas rallumer mon téléphone que j'ai éteint hier soir pour trouver mon chemin. Surtout pas. Je reprends mon errance dans les rues de Noirmoutier et je finis par tomber sur mon point de chute. Le hasard. La dame qui m'ouvre sa porte est grise comme le paysage, mais gris avenant. Sans faire exprès, je lui souris.

– Vous voulez que je vous aide à porter les bagages qui sont dans votre voiture ?

J'ai juste un petit sac en bandoulière et les mains dans les poches. Et rien d'autre dans le coffre. J'imagine mon étonnement à sa place.

– J'irai plus tard. Merci.

Ça ne la rassure pas du tout.

– Vous êtes très pâle, elle ajoute.

Elle pose sa main sur mon bras. L'attention inquiète que je crois percevoir dans ce geste me hérisse. Marre d'être le clown triste sur lequel on s'apitoie.

– J'ai faim, je crois, je dis bien trop sèchement.

– Vous avez des provisions ? Il n'y a plus rien d'ouvert à cette heure-ci.

Raté. Rien n'échappe à sa vigilance. Et elle a réponse à tout. J'ai peur qu'elle m'invite. Je ne veux pas avoir à lui faire la conversation. J'ai rendez-vous avec moi-même, direction l'été suivant de ma chronologie du désastre. Je lui mens encore.

– Oui bien sûr.

Non, bien sûr, je n'ai rien prévu. Pas même d'arriver jusqu'ici en réalité. Je singe un long frissonnement très exagéré pour tenter d'échapper à son regard.

– Je suis très fatiguée, j'ajoute.

Elle comprend enfin. Elle me présente les lieux. Je pose mon sac à main sur le lit de la chambre 3 Clévacances, rideaux et fleurs séchées comprises.

– Bonne soirée, je dis avant de refermer la porte, à la limite de la politesse.

La pièce est gelée. Elle a dit quelque chose à propos du chauffage mais je n'ai pas écouté. Pas grave, on pleurniche mieux quand on grelotte. Je me glisse dans le lit, m'enfouis sous les couvertures. Je regarde un moment les ombres du jardin meubler les murs. Je me vois, ridicule, me laisser me noyer dans un étang dont je creuse le fond au fur et à mesure de ma descente. Je me regarde fuir toute possibilité de réconfort.

J'avais pensé naïvement que le vent de l'île chasserait mes nuages et mes orages, qu'un retour sur le territoire empoisonné enclencherait une décontamination à effet immédiat. Pensées magiques. Je sais maintenant qu'il va me falloir parcourir avec constance le chemin de tous ces étés, sans prendre de raccourci. Éplucher les peaux une à une, les larmes aux yeux ça va de soi, jusqu'à atteindre le cœur.

Deuxième été
2011

Quand, à la fin du premier été à Noirmoutier, nous sommes rentrés dans notre petite boîte, au milieu d'une banlieue pavillonnaire, notre vie rangée a repris ses droits. Ou presque. La mélodie tressautait comme sur un vieux tourne-disque et l'ambiance était de plus en plus souvent discordante. Mon père semblait étouffer dans la brume d'aigreur qui nous détrempait à force, comme une mousson sans fin. Le chapelet des jours s'effritait, les uns après les autres. Lundi, mardi, mercredi... et ça recommence. Il n'existait aucune perspective d'amélioration. Je le retrouvais souvent, assis contre la façade arrière de la maison, une cigarette à la main. Le tas informe qu'il devenait dans ces moments ne ressemblait plus à mon père. Je croyais devoir faire quelque chose mais je ne savais pas quoi. J'ai commencé à lui en vouloir de son impuissance et de la mienne. Je n'avais plus aucune raison d'espérer quoi que ce soit. Ces années sont barbouillées d'incertitude, de cris pendant que je ne dors pas le soir et que j'attends que quelque chose se passe.

J'ai eu besoin d'aider au saccage. Dès que ma mère avait tourné les talons après m'avoir accompagnée jusqu'à la grille de l'école, j'attrapais les élastiques dispersés dans ma chevelure pour retenir les coiffures savantes qu'elle me faisait et les arrachais sauvagement avec des poignées de cheveux.

Mon corps autrefois si docile s'est mis à s'agiter d'impatience. Je ne supportais plus de me sentir bridée par l'inertie qui m'avait tenue en laisse jusque-là. J'ai commencé à participer aux jeux dans la cour de récréation avec une ardeur excessive. La première fois que je me suis écorché le genou, j'ai vu qu'il ne m'arriverait rien d'autre qu'un peu de sang versé et un élancement qui me prouvait que j'étais vivante. J'ai léché les gouttes qui dégoulinaient et le goût métallique m'a désaltérée. J'ai couru encore plus vite, sans peur de la chute. J'ai commencé à vivre. J'ai réclamé de faire du sport. Et mon père a été ravi d'avoir l'occasion de s'échapper pour courir avec moi.

Je ne sais pas combien de temps le désaccord entre ma mère et lui a flotté dans l'air sans vraiment s'incarner en conflit, mais ça a fini par éclater, et ça n'a plus été possible de faire comme si de rien n'était. Un soir mon père est venu me chercher à la sortie de l'école. Sur le siège arrière de la voiture, j'ai vu des cartons avec des affaires à moi qui dépassaient. Et on est entrés dans notre nouvelle vie sur la pointe des pieds. Mais le silence est resté.

J'appartenais dorénavant à la horde des enfants sans domicile fixe qui vont et viennent dans leur exode sans fin. Je ne voyais ma mère qu'un week-end sur deux et le mercredi. Elle semblait perdue, devenait absente. Elle aussi avait déménagé et son petit appartement restait en désordre. Elle s'était toujours cramponnée à moi mais le départ de mon père semblait avoir rompu l'amarre. Ma vie quotidienne loin de ses accès nerveux se simplifiait. Mais le spectacle récurrent de cette désertion de soi me coupait le souffle. J'ai vidé de leur consistance les jours passés avec elle à la regarder dériver, j'en ai fait des parenthèses de rien, dans lesquelles la pensée s'arrête pour ne plus se désagréger.

Dans cette pénombre, les souvenirs de l'île formaient un halo. Le petit morceau de vie, épluché jusqu'à la moelle, remodelé sans fin, était devenu un récit, une sorte de rêverie délavée que j'aurais pu croire issue d'un livre ou d'un film, une illusion dont je ne pouvais plus démêler le vrai du faux. La statuette était soigneusement rangée dans une jolie boîte que j'ouvrais chaque soir pour la regarder, y concentrer toutes mes pensées. Je ne la touchais pas, et je restais à l'orée des images que sa vue suscitait. Elle était là, m'irradiait vaguement du reflet de ce premier été. Augustin, Joséphine, et le soleil qui dore les jours. Et je pensais que plus jamais il ne m'arriverait rien de semblable.

Et puis un soir de mars de l'année 2011, mon père l'a soudainement réincarnée.

« Et si on retournait à Noirmoutier ? » C'est comme ça qu'avait commencé la suite. Exactement comme le début. Une question l'air de rien.

En ce printemps de mes onze ans, il n'y avait pas que la nature qui faisait sa grande lessive et se renouvelait. Depuis quelque temps déjà, je regardais mon père goûter à nouveau ce qui se présentait à lui, à la condition que rien ne lui rappelle l'avant. Il l'avait fait d'abord avec un peu de retenue et puis une forme de délectation discrète s'était emparée de lui. Son corps autrefois toujours tendu par les opérations permanentes de maintenances ou de sauvetages s'était relâché, respirait plus librement. Il en profitait d'ailleurs pour occuper l'espace, prendre du volume. J'observais ce nouvel épanouissement du bout des yeux, dans un mélange de mépris et d'écœurement. Je devenais sans pitié. La brève complicité qui avait fleuri entre nous dans un moment critique s'était rapidement éteinte, étouffée par les vagues d'insatisfaction qui me secouaient. Et l'image qu'il me renvoyait, contente et replète, déchaînait ma frustration.

À cette époque, il a commencé à prononcer des petites sentences en toute occasion, invariablement accompagnées de brefs soupirs d'aise. « On est bien là non ? » Pendant ce printemps 2011, je n'étais pas certaine d'être bien. J'étais même certaine de ne pas l'être. Alors je me retenais de répondre à ses questions, je ruminais mon silence et je le regardais, perplexe. J'écoutais bouillonner mes émotions contradictoires, et je prenais soin de les laisser invisibles aux autres, y compris à lui. Moi aussi, vue de l'extérieur, je devais avoir l'air de respirer, pourtant tout était serré à l'intérieur.

– Qu'est-ce que tu en penses, hein ? On avait passé de bonnes vacances là-bas, non ?

Cette remarque a renforcé mon exaspération. J'ai dû soupirer. J'aurais dû être contente, j'aurais dû exulter même. Je ne désirais rien tant que d'y retourner. Mais pour y retrouver le chemin de mes propres promesses. Et je trouvais idiot, presque obscène, le contentement de mon père qui venait piétiner un espace qui m'appartenait et dont j'aurais voulu être la seule gardienne.

– Marie, tu m'écoutes ? Tu ne te souviens pas de Noirmoutier ?

Je n'ai rien répondu, j'ai attendu que disparaisse la petite aspiration née dans la région du cœur. Rien à faire. Trop tard, elle s'était déjà transformée en usine à palpitations. De Pâques, quand la décision définitive fut prise, au jour de notre départ, je n'ai plus contrôlé ni les saccades de ma respiration, ni les éclats de joie et d'appréhension, qui faisaient feu d'artifice. Ça claque, ça éblouit et ça fait peur. Vraiment.

Trois mois d'affût. Le soir je caressais la petite statuette, allongée dans son suaire, et je n'osais pas formuler clairement en prières les espérances démesurées que l'idée de Noirmoutier faisait naître. Les souvenirs d'Anse rouge étaient restés teintés d'un mélange de violence et d'accomplissement. Alors l'idée d'y retourner était à la fois hautement désirable et résolument inquiétante. Dans ce printemps du début de tout, je me laissais secouer au milieu de ces élans désordonnés. En faisant mon sac au moment du départ, j'ai attrapé ce que je prenais pour les clés du paradis : j'ai ouvert le reliquaire et j'ai sorti la statuette pour l'emporter avec moi.

À peine entrée dans le souffle de l'île, mon corps a immédiatement reconnu l'âcreté de l'air. Ce mélange de sel, d'odeur de marée et d'embruns qui racle la gorge et nettoie les fosses nasales. Mes sens se sont trouvés harponnés par l'intensité qui se logeait dans toute chose.

Nous avons passé nos premiers jours à sillonner à vélo les chemins de l'île. C'était ce que nous savions faire ensemble, mon père et moi, transpirer de concert, la seule chose que nous pouvions encore partager. Nos souffles courts rendaient la parole superflue, voire impossible. Les apparences étaient sauves.

Je m'inondais des lieux. J'aimais surtout la sécheresse et l'isolement des marais salants où les vieilles carcasses abandonnées de chalutiers, rouillées et délavées par le soleil, rivalisaient avec des herbes craquantes et roussies. Les petites pyramides blanches de sel le long des bassins étaient si nettes et si luisantes sous le poids du soleil de juillet qu'on aurait dit des mirages. La vigueur du soleil floutait le contour de ce paysage miraculeux que je retrouvais enfin. J'appuyais autant que je pouvais sur les pédales pour lutter contre le vent qui nous faisait face et je gardais la bouche grande ouverte pour aspirer à l'intérieur de moi la force et la rugosité du monde qui m'entourait. J'aimais sentir la brûlure que l'effort infligeait à mes muscles et les poussées d'endomorphine qui m'excitaient et m'enrageaient à vouloir encore plus de vitesse. J'avais besoin d'être sûre que j'étais vivante. La cadence de mes pulsations me le chantait. La vie, la vie, la vie.

Et puis, le matin du troisième ou quatrième jour, quand mon père est sorti de notre minuscule mobile home en s'étirant avec raideur et qu'il m'a vue prête, assise à côté de mon vélo, il m'a demandé grâce pour la matinée. J'étais tapie dans l'ombre depuis notre arrivée. Je patientais en me désaltérant au goût de l'île. Et j'attendais le moment de son épuisement.

– Et moi je peux y aller ? Pas très loin. Je vais à la petite plage. À Anse rouge. Tu te souviens ?

Il m'a regardée, amusé, pendant que je cachais ma fourberie derrière un sourire. Je voulais y aller seule, que ce moment n'appartienne qu'à moi. Il ne pouvait pas se douter que je complotais contre lui. Que depuis trois mois, j'avais engrangé une quantité inépuisable d'énergie qui ne visait que ce point précis du globe terrestre. Anse rouge.

Le mot prononcé était à lui seul un enivrement. La statuette était dans mon sac, prête à être utilisée comme un sésame. Il a hésité.

– Seulement si tu m'attends pour te baigner.

J'ai acquiescé d'un signe léger pendant que je hurlais à l'intérieur. J'ai enfourché mon vélo et filé hors du camping. Arrivée sur la route, j'ai posé un pied à terre et j'ai écouté les battements de mon cœur. La panique gagnait. J'ai parcouru au ralenti chaque mètre qui me séparait de mon but, avec précaution et parcimonie, secouée par un mélange de trouille et d'impatience. Si plus aucun vestige du premier été n'apparaissait sur la plage, alors je serais enfin convaincue que je les avais rêvés, et je saurais que les promesses n'existent pas. S'ils occupaient la place, alors je m'effondrerais dans les rayons brûlants du soleil, je ferais un pow wow et j'irais me cacher, une main sur la poitrine, pour étouffer le vacarme de mon tambour interne. Mais je saurais qu'on peut danser torse nu dans le soleil. Qu'on peut vivre sans forcément mourir à chaque seconde.

Je me souviens si nettement de mon arrivée sur la plage à ce moment, l'environnement autour de moi comme le décor d'une scène rejouée mille fois. Le vélo dans les buissons qui griffaient le visage quand on s'accroupissait pour l'accrocher, l'allée qui longeait la clôture de la haute maison que je n'osais pas regarder, transie d'émotions, le petit escalier ensablé qui menait au paradis. Je m'y suis arrêtée les bras ballants, les rochers sur le côté gauche et la farandole de maisons de plage, éclatantes et blanches comme des corolles de fleurs qui feraient une couronne de bienvenue. Des gens me bousculaient, j'étais stationnée au milieu du passage, comme absente au présent. Flottante dans un entre-deux. Des corps s'agitaient sur la plage, dans l'eau.

J'ai su tout de suite qu'ils n'y étaient pas à cause de l'absence d'aimantation qu'ils provoquaient. À travers le rideau de mes larmes, je distinguais la petite maison blanche, la première de la rangée, « Les Flots », fermée, ses volets tirés. La peur du vide m'a happée.

Plus tard, mon père m'a retrouvée assise dans le sable, coincée entre l'escalier et les premiers rochers, le dos contre la muraille qui ceinture le jardin suspendu et vient s'enfoncer dans le sol. Je regardais l'ombre des grands pins au-dessus de moi, qui me recouvrait petit à petit. J'étais parfaitement immobile depuis un temps infini. Je n'avais pas même osé me retourner pour apercevoir la grande bâtisse. Mon père n'a pas compris ma transformation. Il m'avait laissée partir haletante et me retrouvait terrassée. Il m'a secouée gentiment et m'a regardée de son air inquiet, le visage creux. La pensée de toutes les inquiétudes convergeant vers moi depuis toujours est devenue consistante, un lien noué à mes poignets qui m'arrimerait au sol. Je me suis vue comme un fardeau. Et j'ai pleuré désespérément sur l'impossibilité de l'existence d'un petit bout d'éclaircie qui me serait réservé.

*

Trois coups légers frappés sur le bois de la porte interrompent le film de mes souvenirs. Une seconde j'hésite à simuler le sommeil. Une seconde pendant laquelle je me vois ensevelie sous les couvertures, la larme à l'œil, constante, plongée dans la grandiloquence spectaculaire de mon désespoir. Et je me trouve ridicule.

J'émerge rapidement pour aller ouvrir. Ma logeuse descend déjà les premières marches des escaliers. Elle ne m'a pas crue pour les provisions. Elle a un plateau entre les mains, avec un bol de soupe fumant et des tranches de pain et j'ai presque envie de lui sauter au cou. Elle me le tend en souriant.

– Il y en a d'autre si vous voulez.

Et puis sans s'attarder, elle repart. Je me retrouve au milieu de la chambre close. Les volutes virevoltantes de vapeur s'affolent à cause de la température ambiante. Elles viennent s'enrouler autour de mon visage. Je vois la marque de mon corps recroquevillé sur les draps du lit défait, la froideur de la pièce que j'ai voulue, mon silence contre la gentillesse de cette dame, ce grand vide que je creuse partout où je vais et les murailles que j'érige entre moi et les autres. L'absurdité de mon système de défense me saute à la figure.

Le mélange poireaux pommes de terre et tartines beurre salé est un délice. Je pense à Luce et à nos pique-niques improvisés les jours de disette. J'ai très envie d'entendre sa voix me dire des bêtises pour forcer l'apparition de mon sourire. Je ne veux pas rallumer mon téléphone, mais je pense très fort à elle, à son visage doux, sa façon de m'entourer discrètement. Je sais qu'elle sait que je souffre. Mais je me promets de ne plus geindre à tout bout de champ. D'essayer de m'éclaircir. De crever mon sale égoïsme de fille malheureuse et de faire, moi aussi, des choses pour elle.

J'aurais bien bu une ration supplémentaire du velouté, mais je n'ose pas affronter mon hôtesse. Je ne me sens pas capable de courtoisie et elle ne mérite pas que je sois rêche avec elle. Alors, après avoir enfin ouvert le robinet du radiateur, je me recouche pour maintenir la chaleur du repas dans mon corps en attendant que le glougloutement de la tuyauterie fasse son œuvre.

Je retourne à ce deuxième été, puisque c'est ça que je suis venue faire ici, me vautrer dans l'écosystème de mon désastre, réussir peut-être à le rincer de ses pollutions, assainir l'air ambiant. Je me vois là où je me suis laissée avant mon repas, seule sur cette plage, les émotions gesticulantes et vaines à l'intérieur. Je voudrais m'attraper par les épaules et me secouer. Me dire qu'il faut arrêter de penser que tout est joué déjà, que je ne suis pas coincée pour l'éternité dans une vie sans horizon. Que c'est moi qui découpe le ciel, si je veux. Je n'y crois pas vraiment. Je ne vois qu'un petit animal écorché, prisonnier du mélodrame de son enfance.

*

Après le ratage de mon retour à Anse rouge, les jours ont passé. J'ai décrété qu'il ne fallait plus y aller. L'idée seule me faisait pencher ridiculement la tête sur le côté en regardant dans le vague en même temps que montait le ressac de la déception et de la mélancolie. Si j'y pensais très fort, je réussissais même à sentir des larmes se faire la courte échelle dans mes tuyaux.

Mais l'imprévu m'y a conduite. C'était sur la piste des vélos, celle qui mène droit au Vieil, dans les odeurs sucrées des pins, et les éclats de lumière qui nous éblouissaient, sautillant d'avoir réussi à traverser la frondaison des arbres. Cette route me plaisait. On y longe de grandes villas dans les jardins desquelles on entend toujours vociférer des hordes d'enfants qu'on imagine pris dans des jeux sérieux qu'il ne faut pas déranger. Mon attention avait dû être attirée par une de ces ribambelles, entrevue par un portail grand ouvert. Une seconde de trop j'ai regardé vers l'arrière, et je me suis emplafonnée dans le dos de mon père, arrêté à un stop. Immédiatement après, un instant de noir, et ensuite du monde autour de moi allongée au sol, des voix, mon père qui me tient la jambe, et mon vélo, au milieu de la piste, dans une invraisemblable posture de yoga.

Je me suis redressée et j'ai senti un élancement qui m'a fait gémir. Après une révision générale des forces en présence, le bilan était lamentable. Un genou déchiqueté, une selle qui regardait vers l'arrière et surtout une pédale qui penchait bizarrement vers le sol. Pas le choix. Il fallait nettoyer ma plaie et remettre en ordre mon vélo. On a marché jusqu'à la plage la plus proche tant bien que mal, moi boitant et lui grinçant de tous ses rouages.

C'était Anse rouge, forcément. Et sur Anse rouge, ce jour-là forcément, ils étaient là.

Pendant que mon père réparait ce qu'il pouvait à l'endroit où on range les vélos, j'ai marché comme une automate jusqu'à mon ancien poste d'observation sur les rochers. Et je les ai regardés s'agiter autour d'un bateau qui semblait être l'objet de toutes les convoitises. Même de loin au milieu des eaux agitées de la marée haute, c'était eux à n'en pas douter. Je les aurais reconnus entre mille. Leurs corps absorbaient la lumière, la faisaient résonner. Ils étaient tellement là, les deux pieds arrimés dans l'instant. La plage et la mer étaient leurs. Augustin se tenait droit et fort au milieu des flots, une rame dans la main, et distribuait les droits d'accès à l'embarcation aux petites têtes qui l'entouraient et quémandaient sa royale attention.

Je ne reconnaissais pas les plus jeunes que je n'avais qu'entraperçus deux ans auparavant. Mais je distinguais parfaitement Joséphine, altière, le bout de sa queue de cheval balayant son dos jusque tout en bas, qui tenait la corde à l'avant et faisait régner l'ordre dans les lamentations. Si belle, si écrasante. J'ai jeté un œil vers la cabane de plage. Le palais était ouvert aux vents et aux nuées de sable qui voletaient autour, et laissait entrevoir un bazar sans nom. Amoncellement condensé d'épuisettes, de draps de bain, de chaises et de parasols. Rien n'avait changé. L'accident de vélo m'avait fait traverser le miroir. Comme si le temps avait été aspiré pour rassembler deux morceaux distincts en un seul.

Je restais à l'orée d'eux d'abord, hésitant sur la marche à suivre. Et puis un élan m'a prise et m'a portée dans le courant. J'ai pénétré leurs eaux territoriales doucement en regardant fixement leurs va-et-vient maritimes. L'eau salée a mordu mon genou blessé mais j'ai serré les dents et continué mon avancée. La bataille faisait rage autour du canot, les petits corps s'accrochaient aux bords et menaçaient de le faire chavirer. Le capitaine aidait l'élu de son choix à grimper avant de le promener jusqu'à un voilier amarré un peu plus loin. Il a multiplié les allers et retours pendant un long moment avant de perdre patience sans prévenir. Alors subitement, il a sauté à l'eau à quelques mètres de moi, attrapé le bout que tenait Joséphine à l'endroit du départ et sorti son bateau de l'eau au milieu des cris de dépit, en repoussant toutes les mains déçues qui s'accrochaient à lui. Il l'a tiré jusqu'à la cabane. J'ai suivi le mouvement, et rejoint mon poste de vigie sans quitter la scène des yeux. Hors de l'eau, il paraissait terriblement grandi. Il n'avait pourtant qu'un an de plus que moi. Intriguée, j'ai jeté un œil à mon corps que je n'observais jamais, pour voir si le jeu des différences était aussi stupéfiant avec moi. Le résultat était en ma défaveur. J'ai rentré les épaules.

Après avoir chassé sa cour avec brutalité, il s'est allongé à même le sable, les bras en croix, face à face avec le soleil. Joséphine a quitté la plage avec la troupe. Elle semblait absorbée par son rôle de surveillante, avec son air d'importance concentrée. Elle était passée dans l'autre camp, celui de l'adolescence. C'en était fini de son torse nu de sauvageonne. Elle portait un maillot de bain à petites fleurs et ses cheveux étaient solidement attachés. Ils ont tous rapidement disparu en haut du petit escalier, avalés par l'ombre.

– On y va ? Ton vélo est réparé.

Mon père m'a sortie de ma rêverie. Et l'idée de quitter Anse rouge sans que quelque chose n'advienne m'a serré la gorge et rendue au mouvement.

– On reste un peu ? j'ai dit.

Et pendant que mon père étalait sa serviette, j'ai traversé le fossé qui me séparait d'Augustin. J'ai réduit en poussière les regrets et les petites prières esseulées et je me suis prosternée à ses pieds. Littéralement.

Assise à côté de lui, j'ai attendu. Quand il a ouvert les yeux, il les a immédiatement tournés vers moi. Comme s'il avait senti ma présence, comme s'il s'attendait à me voir là. J'ai tendu ma paume ouverte vers lui avec la statuette dedans.

– Je t'ai vue dans l'eau. Je sais qui tu es.

Est-ce que les serments muets s'étaient gravés en lui aussi profondément qu'en moi ?

Augustin, Augustin, Augustin, j'ai pensé.

Il s'est relevé et s'est mis à genoux, penché vers mon visage. Sa peau était recouverte de sable et je ne pouvais pas en détacher mon regard. Je l'imaginais chaude et douce et j'aurais voulu mordre dedans. J'ai approché mes doigts et effleuré son bras. La terre entière s'est transformée en brasier d'un seul coup. Plus rien d'autre n'existait que la force de ce feu et ce centimètre carré de ma peau contre le centimètre carré de la sienne. Il a attrapé mon poignet et j'ai cru un instant qu'il allait me repousser et décapiter mes espérances. Mais il a mélangé ses doigts aux miens et il m'a entraînée vers la mer. On a couru dans les vagues et puis le sol a disparu et j'ai été submergée par son poids et la chute. Et j'aurais pu tomber jusqu'au fin fond de je ne sais où, je n'aurais pas même fait un mouvement pour me dégager. Je me suis laissée couler jusqu'à ce qu'il me remonte vers la surface.

– Tu es folle.

Nos visages presque collés, on a haleté un moment avant de retrouver une respiration normale. Il n'avait pas lâché ma main et les traits de son visage étaient agrandis par l'étonnement.

– On y retourne et on se regarde ? il a dit en allumant un sourire grandiose.

On a pris une grande inspiration et on s'est laissé recouvrir à nouveau par les flots qui nous ballottaient. Quand j'ai ouvert les yeux, je l'ai vu si près de moi. Le sel a dévoré mes orbites et mes paupières mais je n'ai pas cillé. Le fourmillement qui me parcourait s'est intensifié. On est ressortis en même temps.

– Viens, on retourne où on a pied et on s'assoit au fond.

Il s'est agrippé à moi, ses bras autour de mon cou et ses jambes qui encerclaient les miennes. On s'est regardés à travers les eaux vertes et troubles du bord de plage et on s'est souri.

– Marie !

La voix de mon père a retenti au loin, du côté de la réalité, alors qu'on reprenait notre respiration. Il nous regardait du bord où il s'était posté et me faisait signe de revenir, un doigt posé sur sa montre.

– Tu reviendras ? a dit Augustin.

– Quand ?

– Tous les après-midi ici. Le matin, on est au club de tennis.

Il est sorti des flots en courant sans s'arrêter puis il a disparu, tandis que je m'acheminais sans hâte vers la fin de cette journée qui s'éteignait déjà.

Les jours restants passés sur l'île cette année 2011 font comme une vie entière dans ma mémoire. Je les passais à attendre que chaque après-midi s'allument les heures Anse rouge en me demandant où pouvait bien être cet éden où s'ébrouaient les jeunes garçons, et peut-être les filles, chaque matin loin des plages. Mon père était là aussi. Mais il est effacé de la pellicule. Je ne le vois pas, ni ce qu'il y fait.

Quand on se retrouvait l'après-midi, Augustin était parfois entouré d'une multitude de cousins que je n'essayais pas de différencier, tous plus jeunes. Et puis Joséphine, en vigie, à son poste de surveillante qu'elle investissait de son autorité. Elle semblait chercher à s'émanciper de ce qui la rattachait encore à l'enfance et il fallait prendre soin de ne pas la décoiffer ni de la salir. Elle satellisait autour des jeux qu'elle avait autrefois habités, continuait à y mettre la note de sécheresse implacable qui la caractérisait, fuyant l'ennui de journées de solitude auxquelles elle était promise sans cela, mais comme frustrée de quelque chose d'indiscernable. Et dans les cercles que nous formions, je prenais soin de me tenir éloignée, la couvant de mon regard, pendant que je tremblais de croiser le sien.

Je me nourrissais de toutes leurs inventions, de tous les itinéraires que nous offrait la variation des marées. Les observer me suffisait même. C'était parfois de grands jeux dans le sable, à creuser, à organiser des équipes, et quand Augustin se laissait enterrer jusqu'au visage, qu'il avait disparu sous les pelletées depuis quelques secondes, je tremblais avec eux, contre eux, jusqu'à ce qu'il se décide enfin à ressortir, toujours avec les mêmes gestes de mort vivant. Nous criions alors et courions loin, mimant la terreur. Je me sentais faire partie d'un tout.

Parfois quand nous étions moins nombreux, on s'inventait mille vies à l'abri des « Flots ». Ou c'était la mer et ses trésors, avec ou sans le canot. Je me remplissais de chaque jeu comme d'une aventure merveilleuse. Je rentrais au camping épuisée et repue et ne voulais rien faire d'autre qu'attendre le lendemain quatorze heures. Le soir, quand je fermais les yeux, la sensation de secousse que la mer inflige de sa constance butée s'obstinait dans mon corps. Et je m'endormais, bercée.

Une fois ou deux, Augustin avait été seul. Joséphine et les cousins étaient occupés ailleurs, avec des adultes qui n'apparaissaient jamais sur la plage. Il m'attendait, désœuvré, et je pouvais me convaincre sans savoir si c'était vrai qu'il avait lui aussi brûlé les heures entre deux après-midi pour essayer de les raccourcir. On partait sur le canot gonflable, il m'apprenait à ramer et on plongeait en cachette de mon père sous les bateaux amarrés au large de la plage. C'étaient des jeux de force, physiques, dans lesquels l'inattendue douceur caressante du jour de nos retrouvailles n'était jamais revenue.

Et puis, il y a eu la fois où j'ai été invitée à pénétrer dans la Villa. C'était l'avant-veille de notre départ. Il faisait si chaud que la plage était presque désertée. J'ai immédiatement remarqué le trou creusé par l'absence en arrivant, à cause du looping à l'intérieur de moi. L'idée du vide soudain, que cette fois-ci, il n'y aurait pas d'adieux, aucun échange de promesse, m'a terrifiée pendant quelques secondes, le temps que j'entende sa voix appeler mon nom du haut du petit escalier.

– Marie… Viens, il fait trop chaud ici…

J'ai regardé mon père, les gouttes de sueur qui perlaient sur son front, ses épaules noircies par les courses au soleil, son air un peu las, à force. Il m'a souri en me faisant un geste de « ouste » de la main. Je crois qu'il était soulagé lui aussi que le fardeau de ma présence, constante à ses côtés, lui soit épargné quelques heures. Et je ne pouvais pas lui en vouloir.

Je me souviens de cette impression glacée quand j'ai pénétré dans leur maison dont j'avais été écartée jusque-là. Il y faisait si frais et si sombre qu'on aurait pu s'attendre à voir les murs constellés de peintures rupestres. Il n'en était rien. Et quand la pénombre a eu suffisamment pénétré en moi, j'ai distingué l'amoncellement de tissus, de tapis, d'objets de décoration qui saturaient l'espace et semblaient ramollir les sons et les mouvements. Le contraste avec ce que je connaissais de l'idée de « décoration » était saisissant. Cette opulence un peu fanée mais tellement ronde, pleine, m'avait alors donné l'impression de quelque chose de satisfaisant et de réconfortant. Je m'étais attendue à y voir trôner cette grand-mère distinguée qui m'avait tant impressionnée deux ans auparavant, si éloignée de l'idée que je me faisais de la grand-mère. Et peut-être même que c'était là le cœur du désir que j'avais d'entrer dans cet écrin à cette élégance nonchalante, ce quelque chose qui n'existait pour moi nulle part ailleurs que chez elle et ses petits-enfants. Mais cette vaste Villa semblait être cet après-midi-là le prolongement de la plage, un grand vaisseau occupé par une armée de petits soldats, seuls maîtres à bord. J'aurais pu croire pénétrer dans le royaume des enfants perdus.

– Monte, Marie.

Gravissant les marches une à une, j'ai longuement regardé les vieilles photographies de gens bien habillés qui constellaient les murs de la cage d'escalier, hypnotisée, tandis qu'Augustin m'attendait en surplomb, déjà parvenu au deuxième étage.

– Qui est-ce ?

– Ma famille, il a répondu, haussant les épaules.

Ils étaient tous groupés au garde-à-vous dans le jardin de cette Villa, qui constituait l'unique décor de chacune de ces images. Seuls les vêtements évoluaient et marquaient les époques. Et je trouvais incroyable que tous ces gens puissent avoir conservé le même mode de vie, les mêmes habitudes, le même arrière-plan photogénique. Dans cette maison, les regards bienveillants des générations précédentes semblaient approuver le remue-ménage actuel qui résonnait dans les chambres perchées. J'imaginais qu'eux aussi avaient joué dans l'Anse, dans ce jardin, dans le grenier de cette maison. Cette continuité n'existait pas dans ma famille défaite, privée d'histoire et d'ancrage.

– Marie, qu'est-ce que tu fabriques ?

À regret, j'ai laissé derrière moi ces images fascinantes qui me bouleversaient sans que je puisse comprendre pourquoi. J'ai achevé mon ascension, une sensation de gêne diffuse dans mon corps. Augustin m'a menée droit à la chambre qu'il partageait avec certains de ses cousins. Il a chassé les petits en leur faisant peur et quand j'ai ri à ses grimaces, Joséphine a débarqué, l'empêchant de refermer la porte.

– Tiens, Marie Rousseau.

Ça revenait de loin, de la première fois dans la cabane, comme un boomerang qu'on croit détourné de sa trajectoire, mais qui n'a jamais perdu sa cible de vue. J'ai cru discerner un mirage de sourire moqueur sur les lèvres d'Augustin. Je les ai imaginés me singeant désagréablement en répétant « Marie-Rousseau », « Marie-Rousseau » avec une voix mièvre qui imiterait la mienne.

Le regard d'orage de Joséphine et son air supérieur ont fondu sur moi d'abord, puis sur son frère. Elle était contente de son effet. Et puis sans transition, ce regard a viré au ciel dégagé. Elle s'est accrochée à mon bras avant de dire « Prête-la-moi » en surveillant Augustin du coin de l'œil.

– Je vais te montrer ma chambre, elle a susurré à mon oreille.

Il a haussé les épaules et s'est retourné. Alors j'ai suivi Joséphine, le cœur en vrac de laisser Augustin. J'aurais voulu les prendre chacun par une de mes mains. Pourtant l'attention qu'elle me portait subitement m'apparaissait miraculeuse. Elle continuait à me terrifier. Je ne m'habituais pas à son air distant qu'elle entretenait avec soin ni à ses remarques cinglantes dont elle mitraillait les autres sans relâche. Mais elle me fascinait, avec son allure inimitable. Et son invitation me donnait une importance nouvelle dans le groupe que je croyais former avec eux. Elle occupait seule une chambre plus petite, au bout d'un couloir anguleux. Elle a soigneusement refermé la porte derrière elle. Elle y a calé son dos, le regard fixé sur moi, les bras croisés. L'air triomphant, elle a attrapé les deux côtés de sa jupe fleurie et s'est assise sur le lit avec une précaution marquée. Son haut immaculé faisait une tache éblouissante dans la pénombre de la pièce. Sa longue chevelure que j'avais rêvée décoiffée pendant deux ans était ce jour-là soigneusement tirée en chignon impeccable. Quelques réminiscences de désordre étaient encore visibles dans les petits cheveux follets qui encadraient son visage.

J'ai révisé en pensées ma tenue immuable, mes vieilles baskets qui ne craignent rien, mon jean coupé et pour la première fois j'ai eu un peu honte de mon accoutrement auquel je ne portais jamais attention. J'ai repensé aux gens bien mis sur les photos, à la tunique violette de cette grand-mère restée imprimée dans ma mémoire, à Joséphine fleurie sous mes yeux, et le nuage de gêne s'est étendu, a noirci. Le flottement d'inconfort encore indéfini s'est matérialisé en une substance gluante qui est allée se loger au fin fond de quelque part, mais ne m'a plus lâchée.

Joséphine a ouvert son armoire et a passé sa main sur des vêtements multicolores suspendus avec soin.

– Ce soir, des voisins viennent dîner. Je vais essayer mes habits et tu vas m'aider à choisir.

D'un seul coup, par l'effet de cette seule phrase, Augustin et Joséphine sortaient du récit merveilleux que je m'inventais. Elle inscrivait sa famille dans une réalité tangible que je n'avais pas imaginée autour de nos jeux. Cette réalité me les volait.

Assise en tailleur dans un coin, j'ai assisté à un interminable défilé de tenues et de commentaires. Je n'avais rien à en dire. Joséphine ne désirait qu'être admirée. Je ne voulais pas la froisser. J'ai attendu que ça passe en écoutant les cris des jeux qui se déroulaient sans moi. Et puis la porte s'est ouverte et la grand-mère a fait son entrée en scène.

– Un monsieur se tient au portail et cherche une petite fille blonde… Est-elle cachée par ici ?

Je me suis levée d'un bond et me suis sentie rougir. Elle était là, dans l'encadrement de la porte, grande et fine, identique à l'image gravée que j'avais d'elle. Elle souriait à Joséphine, mais d'un sourire de plomb, un regard lourd posé sur elle, attendant une explication. Elle n'a pas pris la peine de me regarder. Elle attendait que cette erreur de scénario soit corrigée, effacée.

– Elle joue parfois avec nous sur la plage et Augustin l'a ramenée tout à l'heure. Je ne sais pas pourquoi.

Je n'ai pas compris ce mensonge qui me réduisait à rien.

– Je n'ai pas été prévenue de sa présence, il me semble.

L'impressionnante grand-mère s'est tournée vers moi, à peine. Je n'ai pas osé lever mes yeux vers elle.

– Tu devrais vite rejoindre ton père qui attend immobile devant ma maison.

Ils étaient libres sur la plage, à condition de respecter des règles obscures qui me claquaient à la figure sans prévenir. J'ai quitté l'endroit avec précipitation, sans croiser Augustin.

Le lendemain de cet incident était le dernier jour de nos vacances et mon père rassemblait nos affaires, nettoyait la petite boîte en plastique dans laquelle nous avions séjourné pendant presque trois semaines. Il m'avait autorisée à partir seule pour ce dernier après-midi de plage. Nous prendrions la route à l'aube, le jour suivant.

Sur mon vélo en direction d'Anse rouge, je n'étais pas certaine de les trouver. J'avais peur qu'on leur ait interdit toute relation avec cette petite fille inconnue, mal fagotée et qui s'était introduite sans autorisation sur leur territoire. Pourtant, quand je suis arrivée à proximité, Augustin m'attendait avec son vélo à la main au bout de l'allée qui mène à la plage. Il me guettait et s'est élancé vers moi dès qu'il m'a aperçue. Il m'a fait signe de le suivre et il s'est faufilé à vive allure entre les autres cyclistes pour venir se placer juste devant moi en criant « Viens » dans ma direction. Je l'ai suivi. On a longtemps pédalé, lui devant, qui accélérait régulièrement la cadence, sans jamais se retourner, certain que je m'efforçais de le suivre. Nous avions atteint une partie de l'île que je ne connaissais pas, un peu à l'écart de la côte. Il y avait des champs cultivés autour de nous. Il a tourné brusquement dans un chemin de terre et s'est mis à faire un long et grave « eeh » qui vibrait à cause des creux et des bosses et puis il a éclaté de rire. Je ne le quittais pas des yeux. Ça me faisait mal tellement sa présence m'emplissait. Au bout, il a sauté de son vélo et a attrapé le mien au vol pour le stopper.

– L'autre jour, j'ai vu les premières mûres noires. Il ne faut pas attendre. On remplit le pot.

Il a pris ma main et m'a tirée derrière lui jusqu'à parvenir à une haie de ronces en bordure de prés, sortant de son sac un énorme pot en verre. J'avais grandi dans des banlieues où les fruits poussent dans les rayons des supermarchés. Et notre carré de pelouse était bordé de thuyas. Ça m'avait tenue à l'écart de ce genre de plaisir. Augustin a posé le récipient entre nous deux et s'est mis à cueillir en mangeant une mûre sur deux.

– Il faut prendre les plus grosses sinon ça ne fait pas de jus.

Je l'ai d'abord regardé faire, jusqu'à ce qu'il me tire une langue noire de jus, la bouche grande ouverte, hilare.

– Allez…

Je me suis approchée des ronces avec précaution, atteignant difficilement les fruits, m'accrochant aux épines, soupirant de ma maladresse.

– C'est pour faire quoi ?

– Des confitures.

– C'est toi qui vas les faire ?

– Bien sûr que non.

– Ta grand-mère ?

– Il ne vaut mieux pas.

– Qui alors ? Joséphine ?

– Cueille.

La brusque exclusion dont j'avais été victime la veille avait écorché la proximité que nous avions construite dans nos jeux. Je ressentais confusément une sorte de malaise qui nous séparait. Nous avons cueilli en silence, remplissant le pot à petite vitesse. Mais la lumière vibrante sur l'écran du ciel d'un bleu puissant et la mer partout même invisible a agi comme une potion apaisante sur mes inquiétudes. Je me suis laissée aller à l'ivresse du moment. J'ai fini par goûter les petites boules noires, d'abord du bout des dents, puis goulûment, laissant s'installer sur ma langue la légère âcreté du fruit.

Aucun de ses gestes ne m'échappait, vif, engagé. Il cueillait ces mûres comme il appuyait sur ses pédales, comme il s'enfouissait sous le sable. Absolument. Et cette intensité sans fin me nourrissait et m'épuisait tout à la fois.

À un moment, il s'est retourné et m'a regardée. Son sourire a tremblé sur ses lèvres, hésitant entre la moquerie et la joie. Et il a choisi la deuxième. J'ai ri aussi parce que je voulais être au plus près de lui, de l'intérieur de lui. De ses sensations et de ses humeurs. Le soleil déjà rasant de la fin d'après-midi a fait un nid dans ses yeux sombres. Son regard dispersait des paillettes dans l'air. Il s'est approché de ma bouche en la regardant et j'attendais, le souffle coupé. Il a dit : « Tu as du jus partout sur tes joues, au coin de ta bouche, ton menton. » Il a pointé chacune de ces zones du bout de ses doigts. Il me dépassait largement d'une tête et son visage était penché vers le mien. D'un seul coup, son air est devenu sérieux.

Sans me prévenir, il a fait irruption. Il a léché mes joues et mon menton et le coin de mes lèvres, partout où le liquide noirâtre avait zébré mon visage, comme une chienne l'aurait fait pour débarbouiller ses petits, avec obstination, et, par sa brusquerie et sa franchise, ce geste d'animal m'a laissée chancelante. Il est retourné aux vélos. Je suis restée derrière lui, ma main posée sur ces lèvres qu'il avait sauvagement faites siennes. Et j'ai essayé de faire taire l'écho du vacarme en moi, en vain.

Il y avait eux, leur puissance, le miroitement de leur monde confortable dans l'ombre duquel je me tenais, envieuse. Et puis maintenant il y avait lui.

*

L'intensité de ce souvenir a traversé les années. Dans la mythologie de cette histoire, la morsure goût mûre est rangée dans la catégorie « étincelle ». Le début du grand feu. Ce soir, je le regarde bien en face, il tremblote autour de moi. Il se teinte d'une violence sourde qui dessine de nouveaux contours à ce presque baiser. Sans s'annoncer, les spasmes de la nuit dernière reviennent m'avertir que quelque chose ne tourne pas rond dans ce morceau de récit. La transformation subite de l'or de mes souvenirs en lave me file la nausée. À quoi vais-je pouvoir me raccrocher dans mon chaos si tout s'effondre ?

La nuit est profonde dans cette maison inconnue et le monde au loin me semble vertigineux. Le noir a tout envahi. J'ai laissé ce garçon que je connaissais à peine m'occuper pleinement. J'en ai fait le héros d'une histoire que j'ai sans cesse réinventée pour en masquer les aspérités. Je le sais.

J'ai un besoin urgent de trouver la salle de bains, de baigner mon visage d'eau fraîche. Je cherche l'interrupteur à tâtons pendant des minutes qui s'éternisent. Je tourne un long moment dans la chambre, aveugle. J'entends un grésillement régulier qui m'intrigue et me guide vers la sortie. Sur le palier, un rai de lumière filtre sous une porte et je reconnais le bruit continu et légèrement tressautant des conversations radiophoniques nocturnes. Je me laisse glisser contre le mur jusqu'au sol. Je pose ma tête sur mes genoux, je ferme les yeux et j'écoute ces voix lointaines et reposantes, comme une berceuse.

Troisième été
2013

Bizarrement, j'ai bien dormi. J'ouvre les yeux dans un silence qui ne m'est pas familier. J'ai besoin de quelques secondes pour refaire surface et me positionner sur un point précis du globe. Je suis dans une chambre, cachée derrière un massif d'arbres, au fond d'un jardin entouré de murs, eux-mêmes entourés d'autres jardins clos qui donnent les uns sur les autres, loin de tout et au centre d'une petite commune qui se serre sur elle-même et que je visualise du dessus. J'ai l'impression d'être au cœur de ce poème de Paul Éluard, « Dans Paris il y a… ».

Derrière la fenêtre, le jour se lève sans se précipiter, je m'habille dans sa pénombre pour garder encore un peu à l'intérieur la douceur du sommeil. Des odeurs de petit-déjeuner embaument la maison. Pourtant déjà, la sensation de protection s'épuise. Il va falloir ouvrir la porte et laisser le monde me happer. Dans la cuisine, ma logeuse touille lentement un café fumant. Je la regarde un instant à travers la porte vitrée. Sa tranquillité s'impose autour d'elle, auréole la pièce. Quand elle m'aperçoit, elle me fait signe de la main pour m'en proposer. Je pense oui et je lui réponds non d'un signe de tête, une petite vrille d'appréhension au creux de la cage thoracique. J'ajoute un sourire malgré tout, pendant que je regrette déjà ce refus. Je ne sais plus exactement pourquoi je résiste à la consolation.

Je sors dans l'aube tardive de février. Je n'ai pas encore fini ma tournée des larmes. Mais avant de la reprendre, j'ai envie de partir à la rencontre de cette île d'hiver que je ne connais pas. De m'oublier un peu, pour lutter. Et j'ai envie de le faire avec le vent dans les cheveux. Après une grande inspiration, et avec quelques battements de cœur supplémentaires, je me résous à toquer à la fenêtre.

– Je peux vous emprunter un vélo ? je demande timidement.

– Ils sont là pour ça.

La vie devrait toujours se résumer à cette simplicité.

Direction les marais salants, l'air acide et les herbes brûlées. Le vent a décidé de m'empêcher d'avancer. Il a les épaules carrées. Mais j'appuie sur les pédales aussi fort que je serre les dents. Je gagne le combat. Et j'arrive épuisée à l'endroit visé. Disparues les petites pyramides gracieuses de sel qui miroitent comme des pierres précieuses taillées au cordeau. La zone est désertée et les bassins vides. Sans eau. On a l'impression qu'un terrassier a fait son travail pour la construction prochaine d'un hangar au milieu de nulle part. Le sol terreux est déchiré de rectangles réguliers qui paraissent inutiles. L'herbe ne craque pas. Elle est gorgée de l'humidité du ciel. Elle rebondit allègrement sous mes pas. Je m'installe sur un talus et j'enchaîne plusieurs cigarettes pour déjouer la faim, le regard perdu dans ce paysage qui me trahit avec le sourire. Se laisser surprendre. Accepter l'inattendu.

Un bruit de tracteur envahit progressivement l'espace sonore, remonte jusqu'à moi, vient rugir juste derrière mes oreilles.

– Vous êtes perdue, ma petite demoiselle ?

Je soupire. Pas ici. Pas maintenant. Pas dans cette immensité silencieuse que je suis venue habiter quelques instants. Je me retourne, orageuse, prête à l'affrontement.

L'air bonhomme du monsieur qui se trouve juste au-dessus de moi désamorce immédiatement mon agacement. Il me sourit de toutes les dents qui lui restent, pendant que ses mains et la moitié de ses avant-bras s'enfoncent au chaud dans des poches qui ont l'air d'être sans fond. Il est engoncé dans un énorme anorak gonflé à bloc, avec un bonnet vissé sur la tête. Je serre d'instinct mon manteau de Parisienne ouvert aux courants d'air et je maudis mon pull fin cent pour cent acrylique.

– Vous avez crevé ? Vous voulez de l'aide ? il dit en montrant du doigt mon vélo qui roupille dans les herbes hautes.

– Il est passé où, le sel ? je lui réponds.

Un rire sonore surgit aussi subitement qu'une alarme de voiture qu'on aurait serrée de trop près, sans aucun signe de démarrage. Ça fait tressauter son énorme ventre serré au chaud dans son équipement hivernal.

– C'est l'été la récolte du sel. Faut du soleil pour l'évaporation. En février, on évacue l'eau par les écluses, on cure les bassins qui sont envasés. On nettoie tout pour préparer la prochaine saison.

OK. Le grand gars torse nu avec son gigantesque râteau qui gratte la surface dans un geste gracieux n'existe donc pas que pour faire beau sur la carte postale. C'est un métier. Avec de la transpiration, de la vase, et du ménage à faire.

– Le métier de saulnier vous fait envie ?

– Vous êtes saulnier, vous, monsieur ?

– Non, je donne un coup de main avec mon tracteur pour le charriage de la merde.

J'essaie de me représenter le sens de cette vie rude en plein air, soumise aux saisons, dans laquelle on va droit devant pour ne pas rater la suite, l'année suivante on recommence, et ensemble dans le même mouvement.

– Je vous dépose avec votre vélo ?

– Ça va aller. Je vais pédaler. Merci.

D'un pas lourd mais sûr, il remonte dans la cabine de son engin et s'éloigne sans se presser avec son chargement.

Je marche un moment le long des petits canaux qui irriguent les bassins l'été, pour jeter un dernier coup d'œil au chantier. Je ferme les yeux. J'écoute le vent, je m'emplis des nouvelles odeurs, je laisse le ciel occuper tout l'espace de mes pensées. Je reprends mon vélo et je remonte le courant jusqu'au centre du bourg, à la recherche de la boulangerie salvatrice de la veille. Je n'ai pas mangé sérieusement depuis plusieurs jours maintenant. J'achète tout ce qui me fait envie et je m'installe, les jambes dans le vide, le long du quai qui borde la place du château, là où on tire le feu d'artifice du 14 Juillet et du 15 Août. Et j'essaie de ne penser à rien d'autre qu'au goût des choses que j'avale.

Après ça, je me sens d'attaque pour affronter la suite. Alors je prends la route du Vieil, direction le bout de l'île. À mi-parcours, je croise le chemin du club de tennis et je change d'avis. Ce sera mon premier point de chute du jour. Quand j'y arrive, l'impression est jouissive. Il est mort et sale des rebuts de l'automne. Une sorte de revanche volatile. Les souvenirs s'animent. Je suis exactement au centre névralgique de l'été de mes treize ans. Je le laisse remonter et éclater en bulles à la surface.

*

En quittant l'île après la dévoration du baiser d'animal, j'avais voulu faire promettre à mon père d'y revenir très vite. Il n'avait pas promis mais il avait commenté sans pudeur « Ma petite fille est amoureuse... » en accompagnant cette remarque d'un sifflement grossier. Et d'un seul coup, assise à côté de lui dans la voiture, j'avais eu l'impression que nos sièges se décrochaient et s'éloignaient l'un de l'autre à une vitesse vertigineuse. Le crash avait lieu, on était éjectés chacun dans des directions opposées. Cette intrusion, poisseuse, le satellisait dans un univers différent du mien. Nous vivrions dorénavant séparés par des années-lumière d'incompréhension. Cette façon de s'approprier ce qui n'appartenait qu'à moi me paraissait d'une agressivité sans nom. J'avais cessé d'en parler et j'attendais, butée, d'obtenir ce que je voulais.

J'étais tournée en direction de Noirmoutier et le reste glissait sur moi, sans m'accrocher. Deux années durant, les jours ordinaires se sont écoulés autour de moi pendant que je m'enfonçais dans un ailleurs lointain. J'avais si peur de l'oubli qui creuse son trou sans jamais s'arrêter ! Je convoquais d'abord la lumière, le sable qui gratte et s'insinue partout, les bruits de l'été, l'alternance de paresse et d'éclairs de vie. Et puis ils débarquaient dans ce paysage et je m'inondais des images des instants passés avec eux. Penser à Augustin me laissait en suspension, irradiée et confuse. Et la figure tutélaire de Joséphine balisait mon chemin. Je voulais être avec eux, je voulais être eux, j'allais être eux. Cette idée tournait à l'obsession et je me perdais en cours de route. Je portais des jupes à fleurs et des chaussures en toiles colorées. Je coiffais tirés bien haut mes cheveux que j'avais laissés pousser longs dans mon dos et je jouais au tennis. J'avais appris avec une constance douloureuse pour rattraper le temps perdu. Une amertume venait parfois effleurer le coin de mes lèvres, que je refusais alors d'identifier comme un signal d'alarme. Je sentais que quelque chose ne tournait pas rond dans mon comportement. Je ravalais rageusement cette sensation et je tapais plus fort dans la balle, en pensant que chaque coup me rapprochait de mon objectif.

L'adolescence s'infiltrait partout autour de moi. Mais mon corps me jouait des tours, prenait son temps. Il s'était élevé, considérablement même, mais je conservais une silhouette de petite fille. Je ne décolérais pas de ne pas avoir les mêmes légères courbes sous mes débardeurs que celles que j'avais vues à Joséphine durant l'été 2011. C'était ma seule référence, mon seul but. Les filles dans les vestiaires du collège n'avançaient pas plus rapidement que moi sur le chemin de cette transformation, mais je ne le voyais pas. Mon impatience virait au désespoir par moments. J'ai passé le printemps de mes treize ans à scruter mes reliefs devant le grand miroir posé à côté du bac à linge sale, sans que ça n'y change rien.

En attendant, je faisais mordre la poussière à mon père. Les restes de mon obéissance avaient disparu de la circulation ainsi que mon silence. Je lui tenais tête. Chaque échange se transformait en bataille. Il tentait la discussion sans y croire vraiment, rapidement à court d'arguments, il négociait en souriant, crispé malgré tout, et puis il se taisait. Et cette reddition permanente ne faisait que m'enrager. J'avais atteint l'âge des ruptures nécessaires. C'est aussi à cette période que j'ai demandé à ne plus aller chez ma mère. J'avais treize ans, j'avais le droit. Les moments passés avec elle me pilonnaient. Il m'avait alors paru plus simple de faire comme si cela n'existait pas, comme si ELLE n'existait pas. Elle n'avait pas lutté pour me conserver. J'avais beaucoup pleuré.

C'est le moment que mon père avait choisi pour sortir Noirmoutier de son chapeau, en matière de consolation.

Quand j'ai posé le pied sur l'île au début du mois d'août 2013, je me sentais prête, affûtée. J'avais eu deux ans pour me préparer, deux années d'une longue course de fond pour ne pas les décevoir quand on se retrouverait, une préparation olympique.

Dès le lendemain de notre arrivée tardive dans la soirée, j'avais laissé mon père s'occuper de notre installation pour filer au club de tennis où j'avais réservé des cours matinaux. Le lieu n'avait rien à voir avec celui que je fréquentais dans mon quartier, dont les installations ressemblaient de loin à un gros oreiller gonflé. Quand on ouvrait la porte, on avait peur d'y avoir fait un accroc et que la structure s'écroule. À l'intérieur il n'y avait que des courts et des gens qui haletaient. Ça sentait les pieds et le plastique du revêtement qui recouvrait le sol et les tennis bon marché.

Mais à Noirmoutier, la verdure dominait autour de la terre battue, ainsi que les effluves des parfums qui s'entremêlaient dans le sillon des démarches élégantes. Immédiatement je me suis sentie gauche et lourde, et mon short coloré détonnait dans l'univers immaculé jupette-polo des autres filles qui circulaient dans les allées. Un espace démesuré était dévolu au café où des familles étaient installées devant des services à thé, blancs eux aussi, les manches des pulls nouées sur le torse et les lunettes de soleil envahissant les visages. Cette porte ouverte sur un mode de vie impensable, confortable et évident, m'a ébranlée. Au milieu de cette opulence, j'avais l'impression de clignoter comme un sapin de Noël mal décoré. Mon rempart de convictions s'est écroulé. Je me suis mordu l'intérieur des joues de dépit et d'égarement. Comment avais-je pu croire une seconde qu'il suffirait de quelques leçons et d'une bonne raquette achetée à la sueur de mon front après des mois d'économie pour les toucher du bout de mes doigts sales ?

J'ai senti le malaise monter pendant que se déclenchait une crise aiguë de transpiration. J'ai alors distingué une masse bruyante qui ondulait, au-delà du café, sous les arbres qui bordaient les terrains du fond. Ça ressemblait à une grosse chenille blanche en mouvement. J'entendais le brouhaha de rires distincts mal accordés et je me doutais que ce tas d'adolescents agglutinés, en proie à la nécessité gourmande et inquiète du contact rapproché, abritait sans doute les corps de Joséphine et d'Augustin. Je suis restée interdite. Mon silence et mon immobilité m'ont ramenée aux premières heures d'Anse rouge, quand la saturation des bruits et des couleurs me laissait inerte sur mon bout de rocher et que je n'étais pas tellement sûre d'être vivante. Écrasée par mon aveuglement, j'ai hésité un instant entre renoncement et persévérance. J'ai essayé d'enclencher une dynamique. J'ai donné une impulsion à mon corps pour que cesse cet affolement. J'ai tenté de me pencher gracieusement vers mon vélo pour l'accrocher à l'une des installations prévues à cet effet et j'ai cherché du regard l'endroit qui aurait pu être l'accueil. J'ai marché dans l'allée qui se présentait devant moi et semblait mener au centre du club. J'ai réduit l'énergie dépensée en économisant les gestes. J'ai respiré avec modération.

Mais dans cette allée que je venais d'emprunter, Joséphine est apparue entourée d'une garde rapprochée d'autres filles. On allait se croiser. Elle allait me voir. J'avais passé deux ans à imaginer sa surprise étonnée et satisfaite de me voir être devenue elle et l'évidence de la relation qui en aurait découlé. Des journées rêvées à se tenir par la main en virevoltant dans le soleil, enfin jumelles. Mais la pellicule s'est coupée net. Schlack. Et mon cœur s'est arrêté sans doute de battre. Elle allait me voir et elle ferait une grimace à ma vue, parce que depuis que j'avais pénétré leur monde quelques minutes auparavant, j'avais l'impression d'avoir, collée sur le front, une étiquette de réexpédition avec l'inscription « *mauvaise adresse* ».

Elle ne venait distinctement pas pour jouer. Elle paradait dans une robe noire courte et légère et des nu-pieds aux multiples lanières dorées qui entouraient sa cheville. Elle avait un décolleté vertigineux qu'elle exposait sans complexe et des nattes de chaque côté de son visage qui se rejoignaient en une seule, au tressage d'une complexité qui m'a fait venir les larmes aux yeux, et qui dévalait de son épaule gauche jusqu'à sa ceinture. Ça lui faisait une couronne sur le dessus de la tête et une cascade qui dansait sur la piste de son buste. Un instinct stupide m'a fait porter ma main à cette queue de cheval minable qui trônait sur le dessus de ma tête ce jour-là. J'ai tiré les mèches pour la resserrer au cas où ça m'aurait aidée à tenir debout. J'avais mille trains de retard et je ne pouvais plus rien y faire. J'en aurais hurlé tellement elle était belle quand elle est passée à côté de moi.

Elle ne m'a pas vue.

Je n'ai pas été mortifiée.

J'ai été réduite à néant.

Quelques secondes avaient suffi pour que les perspectives des quinze prochains jours se retrouvent bornées par la toile de la petite tente que j'avais voulue pour ne pas dormir dans le même espace que mon père. Je n'oserais plus jamais en sortir.

Au fin fond des brumes de la confusion, au moment même où je m'apprêtais à fuir – enfin quand j'aurais réussi à démêler mon antivol qui avait décidé de m'humilier lui aussi –, j'ai entendu retentir une voix inconnue qui prononçait mon nom plusieurs fois, comme une bouée qui m'aurait été lancée. C'était un homme habillé en prof de tennis, qui tenait une feuille à la main et semblait errer dans l'allée centrale, vaguement démuni.

Je me suis approchée. Je me sentais incongrue, moite.

– Je suis Marie Rousseau.

De sa voix retentissante, je l'ai entendu me dire qu'il me cherchait depuis un moment, qu'il avait fait le tour des terrains en m'appelant. Les regards de la terre entière étaient tournés vers moi. Joséphine avait stoppé sa marche royale et me regardait, ses sourcils légèrement relevés pour m'écraser de sa supériorité. Et Augustin est entré en petites foulées dans mon champ de vision. Au lieu d'une bouée, c'était une déferlante que je recevais dans la figure et j'ai bu la tasse. Y avait-il un endroit où disparaître quelque part, si possible sous mes pieds ?

Joséphine a rapidement repris sa trajectoire, sans doute pour ne pas être mêlée à moi. Et Augustin m'a interpellée.

– Mais qu'est-ce que tu fous là ? il a dit.

Tout était dans le « fous » et dans le « mais ». Il n'était visiblement pas content, il enrageait même de ma présence dans cet endroit.

– Je joue au tennis, j'ai eu la grande présence d'esprit de lui répondre.

Je viens faire des pâtés de sable n'aurait pas convenu, sauf à être the Queen of Irony et du détachement. Ce que j'étais très loin d'être, évidemment.

Pour finir, j'ai suivi le professeur avec mon sac dégueulasse, ma raquette premier prix et mon désarroi. Et je pesais des tonnes de mauvaises pensées contre moi-même. Quand j'ai jeté un coup d'œil par-dessus mon épaule, j'ai vu les spasmes et j'ai entendu le rire de la grosse chenille. Mais quelque part au fond de moi, une petite voix me répétait en boucle que j'avais la preuve qu'ils ne m'avaient pas oubliée.

Les jours ont passé. Les projecteurs de l'été restaient braqués sur les courts de tennis. J'y arrivais tôt pour faire durer les heures où je m'invitais sans autorisation dans leur entourage. D'abord je m'entraînais seule, forcenée, avant que ne commence mon heure quotidienne de cours. Je sentais mon corps qui se tendait un peu plus chaque jour. Mon professeur m'inondait d'éloges qui glissaient sur moi. C'était leur approbation que j'espérais. La bande des blancs arrivait tranquillement, jouait vaguement, puis ils s'amoncelaient les uns sur les autres sur les zones engazonnées du club. Le tennis n'était qu'un prétexte. Pendant ce temps, les adultes s'approuvaient et se congratulaient en vérifiant leur apparence dans les verres réfléchissants des lunettes de leurs interlocuteurs.

Joséphine faisait de rares apparitions. Et Augustin était là, sans cesse dans mes environs, mais toujours en meute. Cet entourage lui faisait une barrière protectrice que je ne pouvais pas envisager de franchir. Car alors il aurait fallu avoir le cran de les affronter tous. Je ne cherchais même pas de solution. À la place, je m'acharnais contre la balle. Même si l'endroit m'avait paru vaste à première vue, on se marchait presque sur les pieds. Nos déplacements convergeaient souvent. Et quand nous nous croisions, j'avais peur de soutenir son regard que je sentais peser sur moi. Je préférais ne pas savoir de quoi il était fait, d'acier ou de ciel bleu. Je préférais une miette d'incertitude plutôt que le plus jamais que je redoutais d'y trouver. Alors, quand nos chemins respectifs nous rapprochaient malencontreusement, j'évitais de lever les yeux vers lui. Et je me demandais ce que je faisais là à persister dans mon égarement, immergée dans la tension de cette omniprésence fuyante.

Après quatre ou cinq jours de ce régime, à mon arrivée au club, j'ai trouvé Joséphine et ses amies assises sur les gradins du court où je jouais chaque matin, placées juste derrière la chaise où j'avais l'habitude de poser mes affaires. Quatre clones blonds et blancs, coiffés-maquillés, s'agitant sur un banc, le rire dégoulinant. Je suis entrée, le cœur battant.

J'ai commencé à m'échauffer avec les mouvements que le prof m'avait indiqués. Les épaules surtout, pour éviter les tendinites. J'ai entendu les voix s'exciter, les rires envahir avec exagération l'espace sonore, les corps imiter mes gestes. J'ai essayé de me concentrer, mais je restais spectatrice forcée de leur manège. J'ai effectué quelques services, tous dans le filet. Je n'osais rien dire, même pas m'énerver contre moi-même, j'essayais de rester stoïque. Je ne faisais que réprimer mes sanglots. Pourquoi cette détestation ? Qu'est-ce que j'avais bien pu lui faire pour qu'elle s'acharne ainsi contre moi ?

Et puis le prof est arrivé et elles sont parties ricaner ailleurs. J'en suis restée secouée, incapable d'une bonne balle. Les jours suivants, je suis arrivée juste pour l'heure de mon cours. Cet épisode m'avait déstabilisée. Je commençais à penser que je n'avais plus rien à espérer de cette année-là, qu'il faudrait rentrer chez nous, mon père et moi, et ranger mes illusions avec la statuette dans la petite boîte pour ne plus jamais l'ouvrir. Et je ne comprenais pas cette punition.

*

Les doigts accrochés au grillage et le regard suspendu dans le vide, j'esquisse un sourire en coin. J'ai presque pitié de moi. Mes gesticulations d'adolescente m'apparaissent tellement vaines et leur jeu à eux si clair. Je voudrais pouvoir agir sur ces images, modifier le scénario. Je ne peux pas. Je peux juste espérer prendre en main la suite à venir, la vie qui m'attend après les souvenirs. Je laisse ce lieu de perdition derrière moi, j'avance doucement en poussant mon vélo pendant quelques centaines de mètres. Paris est loin de moi, avec sa pluie sale et ses encombrements. Le petit crachin d'ici me tient éveillée. C'est l'heure des promenades de chiens. Je regarde les gens, tous plutôt vieux. Je me demande s'il y a une école quelque part, avec des enfants. Je ne sais plus exactement quel jour on est. Je pense aux deux petits que je garde et qui parfois m'accrochent dans la douceur de leurs bras.

Je décide qu'aller au Vieil est prématuré. Puisque j'ai commencé dans l'ordre chronologique la cartographie de ces vieux étés, alors je dois continuer.

Je pédale doucement sur les petites routes qui me mènent vers l'Herbaudière. Je ne connais pas bien ce village. Je sais y être passée dans la suite de cet été 2013, mais sans qu'aucun souvenir marquant ne s'imprime en moi. Je traverse des rues dans lesquelles se suivent des pavillons de styles divers. Si je n'entendais pas le rugissement de la mer, je pourrais me croire revenue dans les banlieues que j'ai fuies il y a plusieurs années. J'essaie de suivre le rivage qui disparaît par moments. Je finis par déboucher sur le port. Les chalutiers reviennent de la pêche avec à leur suite des myriades d'oiseaux marins que je ne sais ni distinguer ni nommer. Je suis effarée de me dire que rien ne m'a tenue intéressée depuis tout ce temps où je n'ai fait que souffrir de devoir être moi. J'observe un instant les nuées que forment ces troupes, fascinée par leur persévérance.

Je regarde autour de moi et je dis à haute voix le nom des choses que je reconnais. C'est plein de trous. Je ne sais rien de cette île que j'ai idéalisée, de la vie qui s'y mène, de ce qui la définit en particulier.

Je repars en suivant les indications « plage » que je trouve sur des panneaux. Et j'arrive sur l'extrémité d'une grande langue de sable qui ressemble à ce que j'étais venue chercher. Je m'y assieds. Ici non plus, ce que je vois n'a pas de nom. Je me promets de fournir des pelletées de nouveaux mots à mon dictionnaire mental dès que j'aurai fini le tour du circuit de mes vestiges, parce que j'espère que ça permettra de libérer un tas de mégaoctets dans ma mémoire. Quand j'ai terminé de regarder autour de moi, pour engranger les images de ce qui me manque, alors je me tourne vers l'intérieur et je laisse la suite de l'été 2013 parvenir jusqu'au seuil de ma pensée.

*

Une semaine qu'Augustin et moi, on se faisait face sans se parler au club de tennis. C'est ce septième jour qu'Augustin a choisi pour se démarquer du tas et m'est tombé dessus à l'improviste. C'était le dimanche et il y avait encore plus de monde que d'habitude. Je l'ai regardé slalomer dans la foule des allées en espérant qu'il parvienne jusqu'à moi. Il est arrivé jusqu'à la porte du court que j'occupais depuis deux heures. Je sentais l'odeur écœurante de mes hormones secouées par des heures d'activité physique et qui s'épanchaient par tous les pores de ma peau, et je me suis vite enroulée dans ma serviette pour faire écran.

– Tu ne vas plus à Anse rouge ?

J'étais si confuse et surprise que je n'ai pas parfaitement entendu s'il me posait une question ou s'il me donnait un ordre. La fin de sa phrase s'était perdue dans le vacarme de mon embarras. J'ai bredouillé un truc inaudible. Je n'avais que ça en magasin.

– Je t'y attends tout à l'heure à quatorze heures, il a dit avant de tourner les talons.

C'était un ordre. Distinctement. Et mon cœur s'est emballé illico.

Je n'ai pas atteint Anse rouge. Il m'a attendue au même endroit que la dernière fois qu'on s'était vus, deux ans auparavant, juste avant l'allée qui mène à l'accès à la plage, et je me suis sentie privée de quelque chose, arrêtée à une frontière. Il était immobile, nonchalamment appuyé sur son vélo. Et la densité des cyclistes autour de lui donnait l'impression d'un système solaire qui marcherait en accéléré. Ça m'a donné le tournis.

Il avait beaucoup changé, j'ai cherché en vain une trace du sauvageon constellé d'étoiles de sable et en short de bain. Il avait dompté ses cheveux dont il rejetait la mèche vers l'arrière à longueur de temps. Sa tenue était très étudiée, ça crevait les yeux. Son jean était retroussé haut au-dessus de la cheville et il portait un polo identique au déguisement du tennis. Mais bleu ciel. Avec le col relevé. Ça entaillait profond l'image sous verre que j'avais de lui, l'incarnation d'une liberté franche, absolue, dédiée à l'eau, au sel et au soleil. Cet assujettissement à des contraintes vestimentaires ne collait pas. Je me suis postée devant lui. Il avait les mains dans les poches, silencieux, et je ne savais pas quoi lui dire, de ce que j'avais espéré, de ce que j'avais attendu, de ce que j'avais rêvé de ces retrouvailles.

Il est monté sur son vélo avec des gestes crânes que j'ai trouvés agaçants et je m'en suis voulu.

– On ne peut pas rester là, il y a trop de monde.

Le décor des matinées au club m'est apparu en arrière-fond et je me suis douté qu'il ne parlait pas de la foule des touristes autour de nous mais des morceaux de chenille qui seraient venus s'échouer là sur cette plage qui était pourtant la nôtre, nom de Dieu.

Il a décidé de faire une course-poursuite. Il connaissait parfaitement les dédales de tous les villages de l'île et je devais le coller de près pour ne pas le perdre de vue et me perdre par la même occasion. Je le suivais, essoufflée, car le rythme infligé à mes jambes était bien trop soutenu. Et puis sans prévenir il a freiné, sauté de son vélo. Le temps d'arriver à mon tour, il avait dévalé la dune qui bordait une plage que je ne connaissais pas. Quand je suis descendue pour le rejoindre, il était déjà en train de se déshabiller et je suis tombée à genoux dans le sable, sidérée par la métamorphose subite dont j'étais spectatrice.

Il a tout envoyé valdinguer, mèche de cheveux et jean repassé, et a couru vers les vagues sans se soucier de leur hauteur, impressionnante à cet endroit. Je l'entendais rire et crier, hurler au nez des éléments qui auraient voulu le dompter mais non, c'était lui le dompteur. Il s'immergeait sans précaution, comme si sa survie en dépendait. Je le retrouvais alors tel que dans mes souvenirs et j'ai oublié les humiliations subies depuis le début de ce séjour. J'aimais sa fougue, j'aimais son corps aguerri, j'aimais son sourire narquois qui narguait la vie, et la furie des vagues et du vent.

Un énorme courant d'air soufflait partout dans mon corps et dans ma tête, j'étais aspirée par lui, par l'étonnement qu'il me procurait, par les secousses qu'il provoquait. Ce garçon était un séisme, il allait m'écrouler et j'en hurlerais de plaisir et de souffrance mêlés.

Pendant que je tremblais comme une feuille de cette démonstration de puissance qui me terrassait, il est sorti des eaux et il a couru dans ma direction. Je voyais son sourire rageur qui s'approchait et allait bientôt me recouvrir, et c'était la même sensation d'appréhension qu'en haut d'une bosse dans les montagnes russes. Il s'est mis juste au-dessus de moi et s'est ébroué. Il a continué ses vociférations de froid et de plaisir. Il ne pouvait plus s'arrêter de bouger et on aurait dit une transe, comme si lui aussi se sentait délivré de quelque chose. Pour la première fois, j'ai cru l'apercevoir fragile.

– Tu ne te baignes pas, Marie des étoiles ?

Ces images des instants de nous qui me submergent depuis que je suis arrivée sur l'île sont des reconstitutions historiques. La mémoire est une fabrique à récit hagiographique, une usine à réinterprétation à la gloire des uns et des autres et surtout de soi-même. Alors certaines sont forcément bricolées, repeintes ou réparées pour faire plus joli ou moins douloureuses. Mais parfois, il arrive qu'on se souvienne d'une scène très exactement comme elle s'est déroulée, qui repasse en boucle sur la toile de nos pensées, comme un jingle. Et cet instant-là en est un. Il m'a appelée Marie des étoiles et j'en suis restée amoureuse pour toujours. De lui à cet instant-là, consolateur, réparateur, inventeur génial de remèdes anti-moi. Depuis, je n'ai fait que courir après cet éclat de douceur. Il a irradié ma vie d'une consolation infinie et inconnue jusque-là, et la seule possibilité de cette consolation, même fugace, a suffi à m'enchaîner pour toujours, en dépit de la douleur.

Les jours qui ont suivi cette première escapade, les instants-trésors des après-midi ont succédé au spectacle matinal de l'inaccessibilité d'Augustin auquel je devais m'astreindre. L'alternance d'assoiffements et de désaltérations qui se répondaient en écho, comme des vases communicants, entretenait le manque et l'envie. J'aurais voulu que ce jaillissement recouvre tout, fasse barrage aux morceaux amers du reste de ma vie.

Je continuais mes cours avec assiduité sous les regards moqueurs et les risées du groupe qui jamais ne se déliait et occupait les lieux de son agitation immaculée. Augustin ne prenait plus la peine de se glisser vers moi pour me donner un rendez-vous comme il l'avait fait la première fois. Nous nous retrouvions chaque jour à la même heure au même endroit et nous visitions chaque jour une plage différente, loin d'Anse rouge, du côté de l'océan. La mer y était plus rude et l'horizon ouvert sur l'infini. Les baignades étaient violentes et j'apprenais à me laisser rouler par les flots, sans résistance. Cette submersion quotidienne me donnait l'impression d'un programme rinçage-essorage dont je sortais neuve, délivrée de la pesanteur des matinées.

On se séchait au soleil sur ma serviette parce qu'il s'obstinait à venir les mains dans les poches. Je ne posais pas de question mais je l'imaginais quitter ses amis l'air détaché et annonçant un besoin de pédaler en solitaire qui lui évitait toute justification.

J'attendais que vienne le moment de l'exploration maladroite qu'il faisait de moi, là, allongé contre mon flanc. Il passait ses doigts sur les lignes de mes contours et y traçait parfois des signes mystérieux, des cartes au trésor ou des constellations d'étoiles. Il me demandait de me retourner pour s'acheminer sur les terres de mon dos et ses mains me frôlaient et me palpaient sans que jamais je n'intervienne pour dire stop. Ou encore. Je le laissais libre de s'approprier ma peau, juste ma peau. Et mes cheveux qu'il entortillait au bout de ses doigts, qu'il mordait, qu'il suçait. Il finissait cet épouillage quotidien en arrachant un fil blond qu'il faisait luire au soleil avant de le mettre dans sa bouche et de l'avaler. Et je n'avais pas peur de ce cannibalisme. J'aurais même voulu, je crois, qu'il m'avale entière.

Ces jeux dangereux touchaient au sacré. J'étais son hostie. Il se tenait à l'orée du secret trouble d'une intimité qui le fascinait et que je conservais cachée pour ne pas qu'il s'éloigne. Sur ce territoire d'incertitude, nous étions enfin à égalité.

Toujours arrivait le moment où il prononçait la sentence de fin du miracle. « On rentre. » Mais le goût qu'il me restait de ces après-midi d'expéditions était suave et âcre à cause des interdits et je le mâchonnais le soir et la nuit en attendant la suivante. Je laissais repartir Augustin en me persuadant qu'il en gardait la même trace, malgré le monde mystérieux qui le happait loin de moi.

Un jour de la fin de cette période d'or – quelques jours, une vie entière – nous nous sommes retrouvés à l'endroit habituel. Il pleuvait. J'ai vu de loin son air maussade. Il pédalait avec moins d'entrain, me laissait le dépasser, semblant soudain incertain de notre destination. Nous sommes retournés sur la plage du premier jour, et je ne le savais pas encore mais ça signifiait la fin du voyage. On s'est réfugiés contre un rocher pour se protéger de la petite bruine qui s'insinuait partout, y compris entre nous. Augustin jetait des poignées de sable devant lui. Nous n'avons pas parlé. Nous ne parlions jamais tellement. Mais il n'y avait pas eu la communion de l'eau et le saisissement de l'air et l'exultation du bain. Et c'était comme si nous n'arrivions pas à exister en dehors de ces aventures. Je suis restée à côté de lui, impuissante. J'attendais l'éclaircie. Mais il s'est levé.

– Je vais rentrer, il a dit.

Il m'a tourné le dos pour regagner la piste cyclable et son vélo.

– Attends... j'ai essayé, mais sans doute que j'avais trop tardé et je ne savais pas s'il m'avait entendue, s'il faisait la sourde oreille ou si le vent était contre moi.

Il a continué de son pas toujours vif, ses espadrilles qui pendaient au bout de ses doigts. Je l'ai observé qui s'éloignait et j'ai pensé que ce serait peut-être la dernière fois. Je n'ai pas bougé, inerte, sur le sable mouillé, désemparée par la distance qu'il rétablissait entre nous sans explication, le visage tourné vers lui.

Et puis contre toute attente, il est revenu au petit trot.

– Au fait j'ai oublié de te demander, est-ce que tu peux venir ce soir à la Villa à dix-neuf heures ?

Je n'ai plus rien entendu du tambour des vagues, et je n'ai plus rien senti de la pluie collante et de mon jean plaqué sur ma peau. J'ai atterri sur un îlot de panique. J'avais rêvé tant de fois de pénétrer chez eux par la porte grande ouverte. Mais les images vagues d'un dîner à la Villa ont surgi, j'ai eu peur d'un seul coup, des autres autour, des rires élégants et des mains gracieuses qui tiendraient des verres, de Joséphine à qui je n'avais pas encore parlé cette année-là, qui serait toujours si terriblement belle, qui chercherait à me blesser, de cette grand-mère sans pitié entrevue il y avait si longtemps. J'ai pensé à ma valise, à ce qu'elle contenait, j'aurais voulu disparaître. Il s'est à nouveau retourné sans attendre. Ma réponse s'est envolée dans les airs et s'y est délitée.

– D'accord.

Je suis revenue sous la pluie, hirsute et décomposée. Arrivée au camping, j'ai croisé mon père. Depuis le début de notre séjour, je ne lui avais pas donné la possibilité de savoir ce que je faisais de mes journées. Et je vivais sans autorisation préalable, comme je le faisais quand nous étions chez nous. Il a pourtant fallu lui parler de mes échappées, d'Augustin, et de l'invitation du soir. L'idée d'un commentaire déplacé me hérissait. J'avais les griffes dehors. Il a d'abord refusé que je sorte. Mais il a compris rapidement qu'il fallait abandonner.

Pliée en deux dans ma petite tente dôme, je me suis effondrée devant le tas de mes vêtements froissés que je détestais maintenant. J'aurais voulu avoir quelqu'un pour choisir avec moi, m'aider à faire au mieux, à m'arranger.

Quelqu'un qui m'aurait soutenue, pour qui j'aurais de toute façon été parfaite. L'image de ma mère a flotté un instant au-dessus de cette débâcle et j'ai contenu un cri de rage. J'étais au bord d'appeler mon père. J'ai renoncé et je me suis sentie abandonnée.

J'ai décidé de faire le plus noir possible pour éviter toute fausse bonne idée, même si je n'avais pas grand choix. Noir le t-shirt, noir le jean. Légèrement noirs les yeux. Blonds les cheveux, lâchés, tentative de dissimulation du reste pitoyable par leur longueur et le contraste opéré. Ça m'a pris un temps fou. Et quand j'ai enfourché mon vélo, il était presque l'heure du rendez-vous. Je suis arrivée avec un bon quart d'heure de retard.

Appuyée sur le petit portail vert en bois, j'ai passé ma main dans mes cheveux, je les ai ramenés sur mon épaule droite. Naturelle. C'était mon seul atout, il allait falloir que j'en sois moi-même convaincue. J'avais à peine pénétré dans le jardin que la porte d'entrée a déversé un flot de personnes odorantes et multicolores. Vaporeuses dans la lumière filante du début de soirée. Je n'ai pas eu le temps de réfléchir à ce que j'allais pouvoir dire à cette accumulation d'élégance. Augustin s'est approché de moi avec sa vivacité habituelle, je ne me méfiais pas et je m'apprêtais à sourire. Et puis j'ai aperçu son masque de mécontentement, le même que dans l'après-midi.

– J'avais dit dix-neuf heures. On t'attendait pour partir. On va être en retard.

J'ai été coupée net dans mon élan, je n'ai pas eu le temps de lui répondre. Une femme l'a rejoint, m'a parlé d'enfants à faire dîner et qu'il faudrait coucher tôt, de Calixte qui me montrerait tout, parce qu'elle avait sept ans et merci beaucoup de venir les garder. Je ne savais pas qui était Calixte. Je ne savais même pas que ce prénom était possible. Confuse, j'ai cherché Augustin des yeux. Il se tenait à l'écart, les mains enfoncées dans les poches.

– Tu es déjà venue, tu sais où est la cuisine, il a dit avant de s'éloigner en même temps que les autres.

L'instant d'après ils avaient disparu. Non je ne savais pas où était la cuisine. Je ne savais plus rien.

Joséphine a surgi de l'intérieur et m'a bousculée. Un sourire de tigresse s'est affiché sur son visage dès qu'elle m'a vue. J'ai compris à quel point elle me détestait.

– Bon courage, Marie Rousseau, elle a susurré.

Et elle a disparu à son tour, avalée dans la pénombre de l'allée. C'est la grand-mère qui a porté le coup de grâce.

– Ils sont quatre mais ils vont rapidement dormir. Dix euros de l'heure me semblent suffire, n'est-ce pas mademoiselle ? Évitez les chambres du premier, vous voulez bien. Ce sont les chambres privées des adultes.

Elle est partie à son tour. Elle n'avait pas semblé me reconnaître.

Et je suis restée plantée au milieu du jardin, à regarder dans la direction qu'ils avaient empruntée, jusque longtemps après leur disparition. L'humiliation me tenait paralysée. La scène avait duré quelques minutes à peine. Une bourrasque. Je n'avais pas eu l'occasion de réagir. Je n'avais pas eu le temps de bien comprendre ce qui se passait. J'aurais dû partir, refuser cet asservissement auquel je n'avais pas consenti.

Du jardin, je voyais la cabane de plage qui trônait au bout de sa rangée et toutes les autres derrière lui faisaient une traîne qui s'étirait dans l'anse.

« Bonniche. » C'est de ce terme que Joséphine m'avait marquée la première fois que j'y avais pénétré. Elle avait tiré sur les tissus avec lesquels Augustin m'avait déguisée. Elle m'avait laissée à nu, sans défense. Et lui l'avait suivie. Le temps avait passé mais je restais sans protection, à la merci de leur bonne ou mauvaise volonté. Chaque après-midi, je me déposais avec confiance entre les mains d'Augustin et lui me trahissait en retour sans aucune retenue, sans aucun égard. C'était incompréhensible. Ça faisait mal.

Des pleurs m'ont sortie de ma léthargie et je me suis précipitée vers l'intérieur. J'ai pensé que cette maison allait m'avaler et me digérer, puis m'évacuer par les eaux usées.

Plus tard, quand il n'y a plus eu que le silence de la nuit, je suis ressortie et je me suis installée dos à un arbre. J'étais tétanisée par cette soirée. Mes pensées, pour une fois, refluaient loin à l'intérieur. Je ne voulais même pas penser aux aventures cachées comme à une consolation. Je ne voulais que sentir la respiration du vent et m'éblouir du ciel d'été, me laisser aspirer par les mouvements de ma cage thoracique qui se gonflait et se vidait. Trouver de l'air.

D'abord, je ne les ai pas entendus quand ils sont revenus. Ils ne m'ont pas vue non plus quand ils sont passés à côté de moi. J'étais cachée dans l'ombre.

– Où est-elle ?

Du pas de la porte d'entrée, la voix parlait avec une tonalité vaguement hystérique. Je ne me sentais pas la force de réagir, d'aller au rapport. J'avais fait ce qu'on avait attendu de moi mais je refusais de me mettre au garde-à-vous. Minuscule résistance. Augustin est apparu dans mon champ de vision. Il m'a tendu la main, mais je ne l'ai pas attrapée. Je me suis rassemblée et me suis relevée seule.

– Donne-lui ça, a dit la grand-mère.

Il n'a pas osé me regarder quand il m'a tendu les billets. Je les ai attrapés et jetés dans le noir du jardin. Il a sursauté. C'était la première fois que j'affirmais une opposition et sa surprise a fait surgir une pointe d'ivresse.

– Je te raccompagne, il a dit en faisant un pas vers moi.

– Non.

J'ai presque crié. L'excitation est retombée en bloc, j'ai regretté immédiatement. Je voulais juste partir et être rendue à moi-même. Il m'a suivie jusqu'à mon vélo que j'avais accroché dehors.

– Tu aurais pu le rentrer…

Ce n'était pas vraiment suffisant si c'étaient des excuses.

Je tenais serré le guidon de mon vélo, arrêtée dans mon mouvement de fuite par l'épaisseur de sa présence. Tiraillée entre la colère et la déception. En suspension, en attendant une consolation qui aurait eu plus de consistance, une épaule pour mon front, par exemple.

– Tiens.

À la place, il a glissé un bout de papier dans ma main et entre les plis, j'ai entrevu un numéro de téléphone. Il avait déjà tourné le dos quand j'ai relevé la tête. Et j'ai compris que je n'arriverais pas à lui en vouloir.

Avec mon père, on est partis le surlendemain. La veille, je l'avais aidé à ranger nos affaires. Je n'avais aucune idée de ce qu'il avait bien pu faire pendant toutes ces journées où j'étais à ma vie. Je ne voulais pas le savoir. J'effectuais chaque geste à la manière d'un automate, gravement et la tête vide. Mes cours de tennis étaient finis et je n'étais pas retournée sur le chemin d'Anse rouge, voir s'il m'attendait pour notre dernier jour.

– Je veux un téléphone.

On venait juste de passer le pont de l'île, dans l'aube. Je me suis tournée vers la vitre et je me suis endormie. Je n'ai plus rien dit d'autre avant un bon moment.

*

Pendant que le flot de mes souvenirs s'écoulait de moi sans discontinuer, des cerfs-volants multicolores ont fleuri ici et là. Ils sont ballottés par les courants de vents contradictoires, plongent et se redressent. Tombent parfois. Les personnes au bout des ficelles, minuscules parce que lointaines, s'agitent en sautillant comme une myriade de petits lutins et s'empressent de les faire redécoller.

Par habitude, j'attends de me sentir vide pour enclencher le désespoir mais ça ne vient pas. La rupture de cette digue qui tenait coincée cette histoire au fond de moi semble me soulager d'un poids. Luce m'apparaît en pensée. J'ai besoin de tout lui raconter. Pas pour me justifier mais pour déposer à ses pieds ce que je suis. Il faut que ça sorte de moi avec des mots. Je me promets de le faire dès que je serai rentrée.

Je reprends doucement le chemin du centre de Noirmoutier. L'idée de la petite chambre qui m'attend cachée au fond du jardin, de la jolie dame grise aux grands yeux attentifs, s'est installée et fait un petit cercle de chaleur quelque part à l'intérieur. Je range le vélo sous le hangar de la cour. Je regarde les scènes éclairées derrière les fenêtres. L'activité du soir tombant dans la cuisine. Un couloir qui s'échappe vers un escalier. Je souffle la fumée de ma cigarette vers le ciel, assise sur les marches du perron. Petit sas de décompression avant d'entrer.

Sur mon lit je trouve posés une serviette de toilette et un pyjama. Je regarde mes vêtements froissés que je porte depuis le matin de mon départ. Paris, la journée à la fac, le baby-sitting, la pluie qui s'insinue, le départ en vrille à la brasserie, une autre vie, presque.

Je trempe pendant une éternité dans un bain brûlant sans que rien ne vienne m'envahir. Je reste concentrée sur la sensation de l'eau chaude qui supporte et délasse les tensions, le corps qui s'allège, ma peau qui plisse et se ramollit, les pensées flottantes qui sortent en volutes pour faire la ronde avec les vapeurs au-dessus de la baignoire.

– Quelle horreur, jetez-moi ça là !

Je viens de descendre dans la cuisine et la brique de soupe industrielle que j'exhibe fait presque sortir ma logeuse de ses gonds. Juste pour rire. Elle ouvre un placard, et désigne de son index la poubelle qui en jaillit, dont le couvercle s'ouvre tout seul. Pas le choix.

– Je vous sors une assiette, vous allez manger avec moi.

– C'est gentil, mais…

Elle me sourit, et ça ponctue ma phrase à suspension sans que je ne trouve rien d'autre à ajouter. Je suis contente d'être là, mais j'ai un peu peur de ne pas réussir à tenir une conversation complète. Je suis déjà en train de me demander avec anxiété ce que je vais bien pouvoir lui raconter. Elle me demande où je suis allée, je repense aux marais du matin, au sel disparu, à ma naïveté de fille des villes, et j'en profite pour lui poser des questions.

Quand je m'enfouis sous mes couvertures un peu plus tard, je suis dans un état de détente que je n'ai pas souvenir d'avoir déjà ressenti auparavant. La soupe du soir, le bain qui sent bon, l'air piquant du dehors, la présence discrète de cette femme, ça fait potion magique. Je me sens couler dans le sommeil sans retenue. Et je dors jusqu'à plus soif sans bouger d'un pouce.

Quatrième été
2014

Quand j'ouvre les yeux, la nuit est encore profonde. Mais je suis rassasiée de sommeil. Je reste à l'abri dans le cocon des draps chauds. Je me laisse bercer un long moment par cette sensation de satiété. L'idée pénible de me lever prend corps, il faudra enfiler mes vêtements sales, rendosser pour la journée ce qu'ils charrient de ma vie. Quand je me décide, les premières lueurs du jour zèbrent à peine le sol de ces rais de lumières pâles. Devant moi, il reste le quatrième été, celui de 2014. Et ce que je dois voir et dire de ce qui s'y est passé. Noir et poisseux comme du goudron. Je pourrais céder par faiblesse et par peur de l'affrontement et laisser la fin continuer à me dévorer en silence. Il ne faut pas que je laisse le réconfort m'empêcher d'aller au bout de ce que je suis venue faire ici.

Il ne faut pas trop réfléchir. Il faut bouger. Y aller. Je pars dans le jour à peine levant et je pédale sans m'arrêter jusqu'à la plage du Vieil en même temps que le ciel lève le rideau. Arrivée à destination, la lumière rasante d'hiver qui m'accueille me fait réapprendre l'île. Les touches colorées des roses trémières ont disparu, le défilé incessant des corps joyeux et le brouhaha des cris et des sonnettes de vélos aussi. La vue d'ensemble est plus statique, le froid et le silence découpent avec une netteté agressive les contours des maisons aux volets clos. Cette précision déchire le ciel. Je frissonne, perdue dans cet environnement glacé et sans fard. La marée est basse, je déambule sur le sable sec, jusqu'aux vagues qui s'étirent au loin. Je bute sur le bout de l'île. Je ne peux pas aller plus loin. Plus loin c'est la noyade. C'est très exactement ici que je voulais venir quand j'ai dévissé il y a deux jours, et que je suis partie, furieuse, avec des envies de tout détruire. C'est ici l'acmé de l'histoire, cette nuit du dernier été que j'y ai passé, il y a presque sept ans, quand je regardais les lanternes s'envoler dans le ciel, s'embraser parfois, floutées par les grandes eaux de mes yeux et mon inconsolable chagrin, malgré la beauté du spectacle. Ça me semble loin de moi d'un seul coup, comme un lambeau qui commencerait à se détacher. C'est le moment de l'arracher d'un coup sec.

*

Avant la nuit des lanternes du bout de l'été 2014, il y avait eu une année entière et mon entrée appliquée et conscienceuse dans l'âge du numérique. Mon intérêt fluctuant pour les relations de camaraderie m'avait laissée jusque-là dans le fossé de la révolution technologique. À quoi bon se relier aux autres et au monde quand on se sent n'appartenir à aucun des deux. L'excitation vaguement hystérique autour de cet objet me rendait méfiante. Mais ça, c'était avant la secousse du bout de papier. Trois centimètres carrés de cette matière ordinaire et ça avait été la révolution. Augustin m'avait transmis son numéro sans un mot d'explication et j'avais oublié les humiliations, l'incompréhension. Je ne voyais dans ce geste qu'une promesse. Puisque les autres autour de lui n'avaient pas voulu de moi, il allait être mon seul univers. Je l'ai laissé me remplir. Je l'ai rangé dans la catégorie « divinité olympienne ». Catégorie poids lourd donc, mais catégorie inaccessible la plupart du temps, vivant dans un endroit préservé et interdit aux mortels, un au-delà qui ne s'enracinait que dans un idéal ensoleillé à existence cyclique et temporaire. À l'abri dans sa petite boîte jusqu'à l'heure du réveil. L'idée d'être reliée à lui par le biais d'un téléphone, d'une permanence possible du lien, de l'existence d'une relation entre nous au jour le jour, bouleversait mon organisation interne et d'une certaine façon déstabilisait le piédestal sur lequel je l'avais placé. En attendant l'appareil rêvé, que j'envisageais comme un pass d'accès illimité à sa vie, ce papier, élevé au rang de relique, mille fois déplié et replié pour en vérifier le contenu, avait rejoint la statuette dans son petit mausolée.

Et puis j'ai eu mon téléphone. J'ai défait les kilos de plastique et de cartons qui protégeaient l'objet, avec un soin et une dévotion exagérés comme le ferait un archéologue avec une tombe antique. Très solennellement, j'ai rentré LE numéro en me jurant qu'aucun autre ne viendrait souiller mon répertoire – promesse inutile puisque mon père avait exigé rapidement d'être également présent, jouant sans le savoir le rôle du chaperon numérique. Bref ce serait le nouvel écrin de mon obsession. Je me souviens d'avoir cru une seconde sans me l'avouer au pouvoir potentiellement magique de cet acte, comme si le téléphone avait pu être la lampe du génie. 06 29 96 77 46 et hop Augustin serait apparu juste là devant moi avec un air émerveillé. Mais non.

J'ai tergiversé des heures sur la formulation du premier message que j'allais lui envoyer. Je voulais soigner mon entrée, mais comment ? Des heures à effeuiller les versions possibles, de la plus « un peu » à la plus « passionnément ». Une marguerite 2.0 de messages possibles. J'ai fini par écrire un « Ici ou ailleurs, je pense à toi. Marie des étoiles ». J'ai regardé la flèche d'envoi, hésitante jusqu'au bout. Je l'ai effleurée du bout du doigt, et puis c'est parti. Il m'a répondu un « Salut » détaché au bout de quelques heures. J'avais cru au miracle et je me suis trouvée immédiatement plongée la tête dans le caniveau de la correspondance amoureuse. Tu espères et puis invariablement tu es déçue. Dégringolade immédiate.

Depuis, je lui écrivais des messages, beaucoup de messages, auxquels il ne répondait pas souvent et toujours d'une formule impersonnelle. Cet écart entre mon invariable intensité et sa présence fantomatique à travers les ondes me plongeait dans des abîmes de perplexité. Malgré tout, nos conversations, mêmes sporadiques et lacunaires, ont jalonné cette année scolaire, l'entre-deux des étés, une plaine aride à traverser. L'absence s'incarnait dans une attente sans fin que je vivais alanguie sur mon lit, les bras pendants. J'envoyais des mots qui se dématérialisaient aussitôt écrits et j'imaginais que, dans cet intervalle temporel envoi/réception, une petite éternité, il existait quelque part dans le ciel un endroit où les lettres de tous les messages du monde faisaient des rondes en se mélangeant, avant de se remettre en ordre pour atterrir à l'endroit prévu. Je me sentais réduite à cette seule fonction d'expéditeur/destinataire. Ma vie et mes espérances se concentraient dans ce rectangle de sept centimètres sur douze. Mais quand une notification apparaissait sur mon écran et que j'y lisais son nom, ça me faisait comme des papillons à l'intérieur de la cage thoracique. Alors, je ne me sentais plus seule dans le labyrinthe. Il y avait quelqu'un au bout du fil et, même si c'était le monstre, tant pis. C'était mieux que rien.

Après mes premiers essais par voie de la messagerie, j'ai très vite été prise dans l'engrenage. J'essayais vainement de le traquer sur les territoires des mondes dématérialisés, que d'abord j'imaginais dangereux, puis dans lesquels j'avais fini par pénétrer sur la pointe des pieds. Je découvrais que les adolescents s'y déguisaient en chat mignon ou déformaient leur visage pour communiquer. Finalement, je m'y étais installée. Je passais des heures à inventer des pseudos qui auraient pu être les siens, j'explorais des comptes, comme au spectacle, je regardais d'autres ados synchrones mimer des paroles de chanson, se mettre en scène sans retenue, et rien que de penser les imiter me faisait monter le rouge aux joues et trembler les jambes. Et en même temps, je prenais la mesure de mon isolement. J'avais l'impression de me tenir à l'orée du monde et de refuser de lâcher le bord. Et puis cette crainte a fini par me galvaniser et je me suis jetée dans le grand bain. Je me suis mise à canarder Augustin de selfies. Je singeais maladroitement ce que j'avais observé ailleurs. Et je m'envoyais sous toutes les coutures. Je me convainquais que ma meilleure arme était cette offrande sans limites de moi-même. En retour j'attendais avec impatience de pouvoir meubler les murs de ce nouveau chez-moi virtuel avec des photos de lui. J'aurais tant voulu qu'une fenêtre s'ouvre sur ses arrière-plans, ses amis, le lycée, sa maison. Mettre des couleurs, imaginer des sons, voir des objets, autres que ceux de l'île. Inventer des scènes entières. Le savoir vivant. J'aurais voulu resserrer cette étreinte virtuelle. Mais les retours se faisaient rares et succincts et je n'osais pas formuler d'exigence. J'ai pensé qu'il se tenait à l'abri de cette contagion égocentrée, que sa vie était une réserve naturelle, où il vivait sur un vélo et se baignait éternellement dans les flots rageurs de son environnement.

Au début du printemps de cette année 2014, j'ai reçu un inattendu « Tu viens l'été prochain ? » qui a effacé mes doutes. J'ai eu l'impression d'être une amazone, libre et conquérante, et j'exultais, imbibée par cette croyance. J'ai pensé manque, j'ai pensé amour. J'ai pensé avoir vaincu sa résistance. J'ai répondu oui avant même d'en être certaine. Je me suis persuadée que j'irais de toute façon, seule s'il le fallait. Je passais des soirées à m'imaginer sac au dos, le pouce levé, exaltée et morte de trouille. Je m'en foutais, j'irais. Et en attendant je n'arrivais plus à dormir. Je m'en foutais de tout, mais je reculais le moment d'affronter mon père. Nos conflits incessants m'épuisaient mais ma colère se nourrissait d'elle-même. Elle était vorace et inépuisable. Cette fois-ci je prévoyais une bataille ardue, alors je me suis jetée dans la mêlée tête baissée et cerveau éteint, sans aucune pitié pour personne, ni pour lui ni pour moi.

– Je veux retourner à Noirmoutier cet été.

– Marie, c'est pas possible cette année.

– Tu me fais chier. Je ne peux jamais décider de rien.

– On y est allés l'année dernière, je te rappelle. Là je peux pas, j'ai pas les moyens deux années de suite. On ira chez…

– Tu m'emmerdes avec tes problèmes de fric. C'est ton problème, pas mon problème. Tu n'as pas le droit de me priver de ma vie.

Je ne voulais pas me laisser enfermer dans cette zone limitée et vaseuse qui constituait le territoire de la sienne, de vie. J'additionnais dans le petit carnet de ma mauvaise foi les mesquineries que je lui attribuais et je me délectais de les lui faire payer. Le sentiment d'injustice que je ressentais imprégnait d'amertume chaque chose qui venait de lui. Il n'y avait rien à faire, il était devenu mon ennemi.

J'ai hurlé si fort, je lui ai tellement rappelé ma mère, je l'ai vu dans ses yeux, l'effroi du retour improbable de « ça », qu'il a fini par céder et s'est saigné pour nous offrir un abri avec des cloisons pour éviter de se balancer des trucs à la gueule et vivre – ou survivre – chacun pour soi, dans la lumière fallacieuse de l'été de l'île.

Pourtant, rapidement cette grande victoire s'est ombrée d'une possible défaite. Depuis l'éclosion du « Oui je viens » printanier en réponse à la demande d'Augustin, je n'avais plus de nouvelles, malgré mes nombreuses sollicitations. Je continuais à occuper l'espace numérique de notre relation tandis qu'il semblait s'en être échappé après m'y avoir attrapé la main. Cette dernière gelée tardive m'a fanée. L'entrain joyeux du début que j'avais retrouvé grâce à ce lien dématérialisé se ratatinait à la vitesse de l'éclair. Une sorte d'aigreur, née le soir du baby-sitting forcé, contaminait le reste dans le saladier des sentiments. Ces revirements émotionnels me rendaient malade.

« Mais qu'est-ce qu'il veut, qu'est-ce qu'il me veut ? » je me répétais comme une litanie.

La fin de ce printemps 2014 est terne et anxieux. Je me rappelle qu'alors je n'imaginais plus l'été à venir comme un éden. Son détachement et son usage boulimique du système attraction/répulsion m'écœuraient, à force. Je sentais bien qu'il jouait au chat et à la souris. Le décompte des jours qui devaient me mener jusqu'à lui faisait un goutte-à-goutte pesant qui me mettait les nerfs à vif. Je me sentais déboussolée, sans perspective.

Nous sommes arrivés sur l'île le 1er août de ce nouvel été. Le voyage avait été pénible, mon père renfrogné. Le pire nous attendait au fond d'une impasse introuvable, jalonnée de poubelles qui la faisaient ressembler à une piste d'atterrissage d'un genre nouveau. Un vieux portail rouillé masquait une maison biscornue et minuscule. La vieille femme qui nous y a accueillis pour la visite guidée de la location était désagréable et aucun de nous deux n'a osé commenter la salle de bains dégueulasse, la deuxième chambre au milieu du salon et la crasse dans tous les coins. Ça m'a fait une raison parfaite pour donner la becquée à ma mauvaise humeur. Notre huis clos estival démarrait sur les chapeaux de roues. La dame à peine sortie, j'ai jeté un regard noir à mon père, j'ai claqué les portes sur mon passage, et je me suis attribué la chambre avec placards sans rien demander à personne. J'ai à peine pris le temps d'y jeter ma valise et je suis sortie pour respirer l'ambiance iodée et rafraîchissante. J'étais contente de m'échapper malgré le trou à l'intérieur et je mimais l'enthousiasme débordant avec le fond d'énergie qui me restait. Je me suis assise sur le trottoir à l'entrée de l'impasse et j'ai écrit à Augustin. « Je suis là, émoji content, émoji cœur, émoji bisous » (Émoji quoi d'autre pour qu'il me réponde ?) avant de m'avancer dans le soir.

Il était tard déjà et l'air était doux. J'ai eu besoin d'écouter le vent dans les drisses, et le claquement des vaguelettes contre les coques, mais je n'avais aucune idée de l'endroit où se trouvait le port. Je n'avais pas fait attention à l'itinéraire que nous avions emprunté en voiture quelques minutes auparavant, occupée à être butée. D'ici, je ne voyais aucune hauteur, ni le clocher de l'église ni la tour du château, qui auraient pu m'indiquer une direction. L'envie de m'énerver contre mon père est revenue au galop, mais finalement j'ai choisi le chemin de l'exploration. Les rues autour ne ressemblaient à aucune de celles que je connaissais du bourg de Noirmoutier. Je me suis enfoncée dans un dédale bordé de maisons blanches plus ou moins semblables les unes aux autres, dans lequel je me suis très rapidement perdue. La petite joie confiante ressentie en claquant la porte d'entrée de ma prison a vite été balayée par cette succession répétitive et presque angoissante qui générait une impression sans fin de déjà-vu. J'ai tourné encore un moment. Partout les mêmes lauriers-roses et les mêmes chaises longues en tissu plastique vert ou bleu. Partout les mêmes grosses voitures qui ressemblaient à des tortues avec leur coffre de toit sur le dos. Je me suis surprise à avoir une pensée émue pour notre vieux break rouge qui toussotait à chaque redémarrage. Cette uniformité m'a donné envie de crier. Ce coin du bourg était l'exacte reproduction de ce qui m'étouffait ailleurs. Ça puait l'imitation premier prix de l'aisance. Partout autour de moi, les gens vivaient terrés dans des clapiers, et en redemandaient. La grandeur du ciel, l'étirement de la mer, le sel qui acidifie le fond de l'air, tout ce mouvement de l'eau et du vent qui m'entouraient au camping les fois précédentes m'avaient masqué la vérité jusqu'à ce moment où je pénétrais seule dans le vif du sujet. Subitement je me suis sentie coincée dans un monde dont je ne voulais pas et cette idée m'a affolée.

J'ai regardé la lumière du soir qui expirait lentement dans le ciel. J'ai décidé de respirer un grand coup, j'ai fini par me raccrocher à l'idée que j'étais sur une île et que si je marchais tout droit je toucherais forcément la mer, trouverais une échappatoire. Et qu'alors finirait cette longue apnée qui durait depuis qu'on avait quitté notre maison le matin, depuis que j'avais quitté cette île un an auparavant. Depuis toujours peut-être. D'un seul coup ma vie prenait l'allure d'un habitacle hermétique dans lequel rien de vivant ne pouvait pénétrer. J'étais condamnée au spectacle et la ceinture de sécurité qui me maintenait attachée m'empêchait de sortir.

J'avais froid, j'étais partie sans sweat et l'air subitement frais m'a enveloppée tandis que la nuit s'apprêtait à tout envahir. Et puis au bout d'une rue je me suis retrouvée à la sortie de Noirmoutier. J'ai distingué des champs, une route, des phares qui s'approchaient, et le vent marin s'est engouffré avec force dans l'étendue ouverte qui me faisait face et qui s'assombrissait soudainement. C'était trop, ce flot d'inconnu et ces éclats de sentiments exaspérés. J'ai fondu en larmes. J'avais envie que mon père me retrouve et me caresse à nouveau les cheveux pour me faire oublier le reste. J'ai attrapé mon téléphone et je lui ai envoyé un SOS. Minuscule dépôt d'armes à ses pieds.

Quand il m'a récupérée, mon père a eu la délicatesse de ne pas en rajouter. Et je me suis blottie dans son silence juste le temps de ce court trajet pour retrouver mon souffle. Je me suis allongée dans mon lit pour me réchauffer. C'est là que j'ai vu la réponse d'Augustin. « Anse rouge quatorze heures demain. On sera nombreux », disait le message. Le « on sera nombreux » a produit un petit signal d'alerte. Il avait une forme de « attention danger ». L'expérience du club de tennis l'année précédente, la violence de Joséphine ne me donnaient pas tellement envie d'intégrer ce collectif. Mais le besoin de le voir a terrassé mes appréhensions.

Au réveil, j'ai décidé de ne pas attendre. Ma colère avait perdu de sa conviction pendant mon aventure à trois pâtés de maisons de notre location mais ce n'était pas une raison suffisante pour entériner une trêve ! Mon père ne serait pas ce héros. J'ai attrapé mes affaires de plage et j'ai filé sans bruit jusqu'à mon vélo. Direction Anse rouge. Mon échec cuisant de la veille au soir m'avait servi de leçon et j'avais été attentive au chemin pris par mon père pour rentrer. Je suis arrivée sans encombre sur la route des plages. J'ai emprunté la petite allée pavée d'aiguilles de pin vers mon lieu de perdition. Quand on y est et qu'on regarde droit devant, on pourrait croire être sur un tremplin qui mène directement au ciel. Mais au bout j'ai décidé de différer mes retrouvailles avec le sable familier et les petites maisons de bois, j'ai bifurqué à gauche. J'avais le temps avant le rendez-vous. J'ai tourné le dos à Anse rouge pour rejoindre la plage des Souzeaux juste à côté, bien moins pittoresque à première vue, moins secrète aussi. Je l'ai longée en pédalant doucement, les yeux rivés sur les villas qui s'étalaient sur son bord. Les fenêtres étaient ouvertes sur des pièces claires, dont la vue plongeait droit vers la mer et, au-delà, la côte, juste en face. Les gens sortaient de leur jardin en maillot de bain, à peine enroulés d'une serviette, pieds nus, en empruntant des allées fleuries qui se terminaient par des portillons toujours ouverts. Le monde leur appartenait. Ils n'avaient qu'à le cueillir.

La petite fille qui découvrait émerveillée trois ans auparavant la grande maison encombrée de mémoire familiale se serait extasiée sur ces merveilles surannées, d'une autre galaxie, se serait rêvée occupante de l'une d'entre elles, ne sachant pas laquelle préférer. Cette année-là, j'avais quatorze ans et je savais reconnaître les chasses gardées. Je pouvais très bien imaginer une vue satellitaire de l'île, avec les frontières qui en délimitaient les différents espaces géopolitiques. Je n'aurais pas su définir l'espace auquel j'appartenais, mais je pouvais sentir qu'il ne s'agissait pas de celui dans lequel je venais de mettre les pieds.

Ici encore plus qu'à Anse rouge pourtant voisine, on aurait pu se croire sur une plage privée.

J'ai passé la matinée à observer les cousinades à rayures marines, écoutant les bribes de conversations dégoulinantes de certitudes. La perfection familiale envahissait l'espace sonore et visuel et m'a rapidement filé la nausée. J'avais envie d'assister à une dispute, une crise de nerfs, un corps qui se roulerait dans le sable pour s'opposer, un peu de dissonance quand même. J'avais envie que quelqu'un partage ma rage. Mais non. Harmonie bon ton, la fée de l'endroit, restait souveraine et les « bonne-maman » fusaient de toutes parts sans que je ne puisse rien faire d'autre que des grimaces de dégoût, le nez aplati dans ma serviette.

J'ai quitté ce bain forcé de bonnes manières, et à quatorze heures tapantes, j'étais sur le petit escalier d'Anse rouge. Ponctuelle. Tremblante. Obéissante.

Nombreux, c'était la bonne description. Je les ai immédiatement vus dès que j'ai foulé le sable, posés les uns contre les autres au beau milieu de la plage. Ils avaient choisi de s'installer loin des « Flots », comme émancipés du regard de leur ascendance. Ils n'avaient plus besoin de la surveillance symbolique de la vieille cabane.

Après les jeux d'enfants, le sable et la barque sur la mer, les expéditions secrètes, l'enivrement des bains et des embruns, les courses folles à vélo et sa main sur des morceaux de ma peau, le tourbillon mouvementé qu'avait été cette rencontre avec Augustin, je ne voyais pas bien où allait nous mener l'indolence qui émanait de ce tas informe. De loin, on aurait dit un mirage, aux contours flottants. Lui était posté au milieu. Le même que l'année précédente en plus élancé. Il était le point culminant de l'édifice qu'ils formaient, agglutinés les uns aux autres. Je me suis avancée, le regard concentré sur lui, pour oublier le reste, autour. À mesure que je m'approchais, la vision devenait plus nette. Et d'un seul coup, il était là, il siégeait à nouveau au creux de moi. Sa peau si foncée, ses cheveux si décolorés par la mer et le feu du ciel, si longs et emmêlés aussi. Il semblait démesurément grand, avec ses jambes et ses bras nus sans fin. Il était tellement beau, découpé dans le bleu foncé du ciel derrière lui. Cette apparition a chassé toute forme de pensée ; je ne voulais plus rien d'autre que m'allonger contre lui comme l'année précédente, qu'il m'explore et que le bruit des rouleaux nous fatigue à nouveau, en prélude à la dévoration. Mais il était entouré d'une garde rapprochée qui formait un cercle autour de son corps. Je ne pouvais pas l'atteindre, il m'aurait fallu enjamber trop de bras et de jambes qui s'emmêlaient, des morceaux de chairs qui se cherchaient, s'attiraient, inexorables ; il m'aurait fallu pénétrer dans cet amoncellement organique, qui transpirait d'un désir éloigné du mien, et m'écœurait au premier regard.

– Ah, voilà Marie, enfin...

Joséphine m'a remarquée la première et m'a pointée du doigt tandis que je foulais péniblement le sable dans leur direction. Un rire discret mais grinçant, une sorte de roucoulement de satisfaction stridente s'est épanché de sa bouche. J'étais visiblement attendue. À son signal, la mécanique du corps monstrueux s'est mise en branle, j'ai discerné un frémissement dans les membres, et tous les yeux ont convergé vers moi. Les commentaires se sont affolés, ont ricoché, à la manière d'une balle rebondissante. Je n'étais pas encore suffisamment près pour les distinguer nettement mais j'ai cru entendre un « Ah oui quand même », un « Mais c'est la fille du tennis de l'année dernière », « C'est surtout la fille des photos ». J'ai compris que l'étalement numérique de moi avait été partagé, commenté déjà sans doute, que les photos transmises à Augustin, pour Augustin, étaient la propriété du groupe, que l'appréciation demandait l'aval du collectif. Qu'un récit était en cours de construction. Je me suis sentie dépossédée de moi-même.

Je l'ai regardé lui, éperdument sans doute, je me suis accrochée à ses yeux qui étaient rivés sur mon visage mais semblaient scruter le vide à travers moi, me rendaient transparente. J'ai attendu un signe, un geste. Il souriait d'un sourire étrangement fixe sans destinataire. Rien n'est venu.

Je me suis plantée à l'orée de leur campement, hésitante. Je suis restée quelques minutes à piétiner le sable, passant d'un pied sur l'autre sur le sable brûlant, mes ongles plantés dans les lanières de mon sac. J'étais partagée entre l'attente d'une autorisation d'entrée sur le territoire et en même temps j'avais l'impression d'être au bord d'un précipice, que si je mettais un pied dans le cercle, j'allais disparaître, être absorbée à nouveau, comme à chaque fois. J'étais en suspens. Mon corps entier et ma volonté se refusaient d'achever le mouvement qui me mènerait définitivement à eux.

– Mets-toi là.

Joséphine a tranché pour moi. Elle a joué avec conviction son rôle de maîtresse de maison. Elle faisait ça à la perfection, mi-désinvolte, mi-despote. Elle a pointé du doigt un carré de sable à côté d'elle, qui n'était pas vraiment à l'intérieur du cercle, et par ce geste elle y a circonscrit ma place. Je ne passerais pas la frontière. Elle m'en refusait le droit. Je restais étrangère. Elle pensait me punir mais ça me soulageait de ne pas traverser cette ligne qui me protégeait encore un peu. C'étaient eux, les étrangers.

Je garde un souvenir brumeux de ce premier après-midi, qui contraste avec la netteté lumineuse des années précédentes. Je ne me souviens que d'une longue attente en plein soleil où rien n'advient. Des bouteilles douteuses passaient de main en main, des rires excessifs et faux jaillissaient et des corps s'aimantaient les uns aux autres. Les heures ont dérivé vers le soir dans ce long tunnel d'immobilité et de silence malgré les bavardages incessants. La scène était comme assourdie. Jusqu'au soir, je n'ai pensé qu'à la possibilité de ma fuite, que j'aurais voulue invisible, pour éviter qu'on m'adresse la parole. J'aurais alors disparu, j'aurais effacé ces moments perdus. Il n'y aurait pas eu d'engrenage refermé sur moi. Mais je me sentais tétanisée.

En fin d'après-midi, le groupe s'est égrené en même temps que le soleil déclinait, des petites grappes de peaux luisantes et de sacs à dos se sont détachées pour se diriger avec nonchalance vers les vélos. Ils se disaient « À demain » en partant. Et j'ai compris que le supplice de Tantale serait au menu pour la suite complète des jours à venir si je m'acharnais à les rejoindre. Je ne savais pas si j'aurais la force pour cet épuisement, cette chute sans fin.

L'amas est devenu clairsemé et je me suis mise à avoir la trouille de me retrouver nez à nez avec Augustin, maintenant que ces nouvelles lois de distance étaient instituées. Je n'avais aucune idée de ce qui se cachait sous ses eaux dormantes, quelles étaient ses pensées, et l'idée d'un tête-à-tête me paraissait devenue saugrenue, déplacée. J'aurais préféré qu'il parte avant moi. J'aurais tourné la tête vers la mer pour éviter tout contact et tout aurait été terminé. Mais il n'a pas bougé. J'ai fini par me décider. Chaque centimètre carré de mon corps s'est crispé quand, après ces heures d'hésitation, je me suis mise en branle le plus discrètement possible, pour m'échapper de ce piège. J'avais presque oublié la sensation de mouvement. Personne n'a rien dit. Je me suis éloignée en me persuadant que je ne reviendrais pas, que je passerais les prochains jours dans ma chambre-placard, captive volontaire, avec des livres dans les mains et des larmes dans les yeux. Mais au fond, je ne me faisais aucune illusion sur ma capacité à défier l'aimantation qu'Augustin exerçait sur moi. J'avais respiré le même air que lui ce jour-là et je ne pourrais plus me passer de cette aspiration. Et puis il m'avait demandé de venir. Ça disait forcément quelque chose. Alors je ne pouvais pas m'empêcher d'attendre encore une révélation, notre révélation.

J'y suis retournée. Chaque après-midi, à quatorze heures. Ces après-midi mornes passaient au ralenti, dansant mollement dans une brume. Le cercle était mouvant, de légers déplacements s'y opéraient de jour en jour, des rapprochements s'effectuaient, des couples s'isolaient par moments, sous les bravos et les sifflements légers. Certains allaient parfois se tremper le temps de se rafraîchir, pour mieux se laisser ensuite rôtir au soleil. Mais les jeux de l'enfance n'avaient plus droit de cité. À la place, des activités vaguement illicites, alcool et indécence, se reproduisaient sans fin. Ça flirtait gentiment, ingénument avec le danger. Et ça causait. De cursus scolaire, de fric, de gens inconnus, de musiques inconnues, de fric, de tentations plus risquées, de fric, de lieux lointains, de fric. Chacun semblait défier le groupe en tenant des propos que j'écoutais sans rien dire et qui me paraissaient exagérés.

Je passais les heures à cheval sur ma frontière, mes sensations saturées des leurs. Leur ivresse me plaquait au sol. Leur désir me remplissait d'amertume. Je me demandais où était passé le goût de l'eau d'Augustin. Je regardais le mouvement incessant de la marée et je me souvenais de lui à l'assaut des flots se laissant emporter trop loin, luttant contre le courant, et je ne parvenais pas à faire le lien entre cette vigueur passée et l'inertie présente. Ces jours ressemblaient à une ligne continue qui se serait étirée, une note grave, tendue, un bourdon, qui résonnerait à l'infini et finirait par rendre dingue. Il n'y avait plus d'espoir, même plus d'attente, il n'y avait que mon corps engourdi et mes pensées rouillées, perdus sur cette plage. La chaleur de l'été à laquelle nous nous abandonnions avait terrassé toute résistance.

Cette année-là il y a eu aussi le reste des journées. Pour survivre au néant des après-midi, mon corps avait besoin d'être lancé à plein régime. J'explorais les coins de l'île que je connaissais moins, parfois à vélo, parfois à pied. Les marais surtout, que j'avais toujours aimés pour leur sécheresse, leur air de fin du monde. Sur les routes et les chemins, je faisais la course contre moi-même. Je lisais aussi. J'écoutais de la musique. Mais j'étais en laisse. Et quand l'heure approchait, ça tirait sur la chaîne et ça me renvoyait au panier. Aux pieds, Marie des étoiles ! Je me disais qu'à un moment la nausée serait telle que je finirais par dégueuler cette attraction qui me pesait sur l'estomac et dont j'étais prisonnière. Mais chaque jour, une fois au moins, mon regard croisait celui d'Augustin et ça me reprenait. Ça se resserrait autour de mon cou.

– Tu crois que je peux me lancer ?

La guerre de position de la fin de ce séjour de 2014 a démarré par cette phrase. Elle s'appelait Pauline. Et ça faisait des jours qu'une force irrépressible la menait jusque dans l'œil du cyclone, par la seule force de ses gesticulations. Elle s'étirait, se tortillait en minaudant dans une longue approche alanguie et emmenait avec elle son drap de bain multicolore et immaculé malgré l'humidité. Elle finissait chaque après-midi la tête posée sur les genoux d'Augustin. Et l'air enjôleur de cette fille était si victorieux dans ces moments que, d'où j'étais, je pouvais imaginer les trompettes qui résonnaient dans sa tête.

Moi, j'avais beau arriver de plus en plus tôt, je le trouvais toujours déjà installé et encerclé, impossible à atteindre. Et j'aurais eu l'air d'un GI empoté si j'avais rampé dans le sable jusqu'à lui. Je ne tentais même pas le coup, c'était peine perdue. Ma dose d'humiliation était déjà quasi mortelle. Je ne pouvais pas ingurgiter plus.

– Tu me demandes l'autorisation de baiser avec mon frère ?

Joséphine a rugi cette réplique en faisant face au groupe. Elle me tournait le dos, j'ai pu sursauter incognito. Je me suis bouché les oreilles, pendant que Pauline se pavanait de rire sur le modèle du jour en éponge moelleuse et rayures bayadère, qu'elle commençait déjà à décaler avec ostentation. J'ai regardé Augustin juste à temps pour distinguer son sourire invariable qui s'est crispé légèrement puis a repris le cours normal de son immobilité glaçante. Quand mon attention s'est éloignée de lui et que je suis revenue à mon périmètre d'action juste à côté de Joséphine, j'ai vu qu'elle me fixait. Son air était indéfinissable. Carnassier. Triomphant. À cet instant, j'ai cru de toutes mes forces qu'elle voulait ma mort.

La crudité de sa réponse lancée à haute voix a déclenché une réaction en chaîne. Le cercle s'est mis à s'agiter en remous. Pendant que Pauline créait une dynamique pour joindre le point central, d'autres ont profité du courant pour s'extraire de l'amas, dériver jusqu'à moi et s'échouer au bord de ma serviette. Je ne connaissais même pas le prénom de ces trois garçons. La situation était inégale d'emblée.

– Tu t'ennuies avec nous, Marie ?

– Tu ne dis jamais rien.

J'ai essayé de me décoller d'eux, en changeant de position. La présence rapprochée qu'ils m'imposaient était dérangeante.

- Allez, te cache pas, on sait comme tu peux être mignonne.

L'un d'eux a touché mes cheveux pour les glisser derrière mon oreille, et j'ai eu l'impression d'être une terre labourée de force.

– Tu n'as pas soif ?

Ils m'ont posé sur le bord des lèvres le goulot poisseux d'une bouteille qui puait l'alcool. J'ai penché la tête en arrière pour échapper à l'amertume qui s'en dégageait. Mais ils sont revenus à la charge.

– Goûte, tu seras plus détendue après.

Rires. Rires de garçons.

J'avais beau me détourner, ils étaient contre moi et je voyais arriver le moment où l'un me tiendrait la tête pendant qu'un autre me verserait de force le liquide collant dans la bouche.

C'était maintenant que la rage devait éclore en éclat de mots et de corps. C'étaient eux que la colère devait dégommer. Mais non. Je me suis laissé mettre en cage sans protester. Leur démonstration de domination me paralysait. Un souvenir m'est revenu à ce moment. J'ai revu Joséphine agrippée à mon menton qu'elle enserrait dans l'étau de sa main et qui me disait « Jure, jure » pour me faire cracher une promesse enfantine. Et peut-être que, ce premier jour du premier été, ma capitulation avait rendu impossible toute résistance future. Je n'avais que mes larmes pour faire rempart à cette intrusion. Mais alors que je fermais les yeux pour chavirer vers l'intérieur, on m'a empoignée, on m'a levée et, le temps de les ouvrir, je marchais vers la mer tirée par Augustin qui me soulevait presque de terre tellement il me tenait fort par le haut du bras.

Il ne leur a rien dit. Il ne m'a rien dit non plus. Je n'ai pas eu peur. Il m'a traînée dans les vagues jusqu'à ce que nous ayons de l'eau jusqu'à la taille et il a passé ses bras derrière mon dos pour m'allonger à la surface. Pendant un long moment, il m'a secouée doucement dans l'eau, ça faisait une sorte de bercement d'une douceur imprévue, une main derrière ma tête, sans que nous n'échangions aucun mot.

– Fais attention à eux, tu es trop belle.

C'est ce qu'il a fini par me dire avant de me lâcher avec prudence. Et puis il est sorti des flots, et il a rejoint le cercle, le centre du cercle, Pauline qui l'attendait, et les paires d'yeux toutes tournées vers nous pendant cette scène de sauvetage en panoramique. Je ne pouvais pas croire que ça lui suffisait, que ça allait s'arrêter là. Je l'ai regardé s'éloigner. Son pas semblait lourd quand il a rallié l'îlot détesté sur lequel il s'est isolé, au milieu. J'ai fini l'après-midi dans l'eau, immergée le plus souvent pour ne plus rien voir de ce qui m'entourait.

Sur le chemin du retour, je ne pensais plus qu'à ce qu'il m'avait dit. La première phrase qu'il m'adressait vraiment depuis des jours que j'étais là, à proximité de lui, alors qu'il semblait m'ignorer. Ce n'était plus le risque imminent de la tentative d'intrusion, ni la consolation des mains d'Augustin sur ma peau qui me traversaient alors. Mais le sens caché de cette phrase qui tournait sans cesse.

« Tu es trop belle. »

Trop, ça voulait bien dire que quelque chose n'allait pas. Que quelque chose en moi était mauvais. Faire attention, ça voulait dire qu'il y avait danger. Danger pour moi ? Danger pour les autres ? Pour lui ? J'aurais voulu croire qu'il cherchait à me protéger et me garder. Mais cette tournure sonnait comme un reproche. C'était trop. Trop.

Chaque soir depuis mon arrivée, en souvenir du premier soir de perdition, j'avais pris l'habitude de divaguer dans les rues du bourg, mon vélo à la main, je retardais le moment de rejoindre mon père, la cuisine de mon père, l'odeur de mon père, les affaires de mon père, la location crasseuse de mon père, les exigences de mon père, le huis clos avec mon père, la permanence de sa présence. Ce soir-là, j'ai traîné plus longtemps encore, j'ai traqué mon image dans les vitrines des magasins fermés, dans les miroirs de certaines devantures. Je m'y suis vue longue et maigre, sans rien à cacher-montrer sous mon maillot de bain. Je croyais à ce moment que c'était la seule chose qui comptait, qui pouvait intéresser, à cause de Pauline et de ses poses et de mes plongées numériques de l'année scolaire passée. Je me suis arrêtée devant l'un d'eux. J'ai regardé mes longs cheveux de paille qui pendaient dans mon cou dans un désordre pitoyable, ma peau rougie et luisante. Mon nez trop fin comme une crête pointue qui tranchait mon visage en deux et de chaque côté des creux et des bosses abrupts, pommettes, menton, le tout très saillant. Les cernes violets palpitant sous la peau fine, qui bordaient mes yeux à cause des nuits de batailles, et qui donnaient l'impression que j'étais fardée comme une vieille. J'avais envie de pleurer tellement je me trouvais sèche, abîmée, aussi harmonieuse qu'un épouvantail oublié dans un champ, brûlé par les saisons. Il s'était forcément moqué de moi, avec cette histoire de beauté.

*

Un élancement sous les côtes me rappelle à l'ordre. L'humidité de la plage remonte le long de mes jambes par capillarité. J'ai l'impression d'être devenue le froid du rocher sur lequel je suis restée assise tout ce temps. Quelque chose m'étreint qui s'écrase à l'intérieur, quelque chose de profond qui se contracte. C'est l'écho de ce dégoût de moi que je viens de déterrer. C'est toujours le même qui n'en finit pas de rebondir sur les parois et s'époumone, celui qui m'a fait fuir les amies de Luce pour ne plus ressentir ce vide, ce sentiment d'inutilité. Il pompe mes forces en tourbillon, une bonde ouverte au fond comme une déchirure qui m'aspirerait vers le vide.

Je me remets en mouvement pour fuir cet engloutissement. Mon estomac proteste. Je n'ai rien dans le ventre depuis la soupe d'hier soir. Je ne l'écoute pas. Et je reprends l'itinéraire prévu pour rejoindre la plage des Souzeaux. Le soleil a fait son apparition et me réchauffe. Il est venu saluer le bouquet final de l'histoire. Je voudrais retrouver les sensations que j'éprouvais du fond de ma petite carriole derrière le vélo de mon père, quand j'ai découvert la puissance de ses rayons, les premiers jours du premier été ici, et qu'il me faisait des clins d'œil à travers les branches des arbres. J'avais l'impression alors qu'il n'avait jamais lui avant dans mon ciel. Et je croyais qu'il venait briller au-dessus de moi pour faire resplendir ma vie. Mais je ne suis plus une petite fille.

L'arc formé par les silhouettes anguleuses des maisons qui bordent le rivage aux Souzeaux apparaît quand je tourne sur le chemin. Elles se suivent sagement sur le rivage, main dans la main, en affichant leur perfection énervante. Leur air suffisant d'inaccessibilité fait un rempart inaccueillant. Les vieilles dames ont toutes leurs volets clos et semblent se reposer dans cet abandon. Elles attendent là le retour de la joie printanière ou estivale, sûres de leur fait. Je voudrais bien être comme elles, certaine que le bon temps reviendra. Je suis tentée de m'asseoir sur cette plage, et d'attendre indéfiniment pendant que les rais de chaleur me caressent le visage. Mais au bout de cette anse, il y a la Villa et la fin du récit. Et c'est là que je vais.

Je dois creuser profond pour trouver l'énergie d'avancer sur le sable qui me retient. J'ai l'impression de faire une ascension interminable. Et tremblante, le cœur qui cogne dur, je finis par atteindre le point culminant du parcours. Je suis pesante et légère à la fois. Je flotte et je coule. Je ne sais plus si je rêve ou pas.

Elle est devant moi, sombre et massive. Fermée elle aussi. J'escalade facilement le petit muret malgré le sol qui a tendance à mollir sous l'effet du jeûne. Et je me retrouve dans le jardin. J'en parcours les allées. Je n'ai rien oublié. Rien n'a changé. C'est toujours ce lieu intemporel qui traverse les années sans bouger, comme sur les photos de famille qui m'avaient bouleversée. Je contourne la maison doucement, en touchant les murs du bout des doigts. L'idée me traverse un instant de chercher une faille par laquelle pénétrer. D'envahir leur territoire par la force. De déclencher ma guerre à retardement, en l'absence des ennemis. Mais je me retiens. Je n'ai pas envie d'être cette personne-là, je ne veux plus vivre dans le ressentiment et l'aigreur. Et, cette seconde précise où je formule ce renoncement en forme de vœu, quelque chose se décoince à l'intérieur, un vieux cadenas encrassé. Il y a une porte qui s'ouvre, vers le vide pour le moment. Je ne sais pas ce que je veux mettre dans cet espace que je viens de découvrir loin au fond de moi, mais je sais que ce ne sera pas une violation de domicile pour l'inaugurer.

Je suis derrière et je descends sur le tertre des blessures. Je m'y assieds dans la terre boueuse. Je suis si épuisée que mes gestes semblent détachés de mon corps, au-delà d'un brouillard qui recouvre les sensations. C'est ici que je vais au fond du puits.

*

Ce soir de fin d'été 2014, après la traversée des miroirs, j'étais si confuse en rejoignant la location que je me suis trompée de route plusieurs fois. J'ai décidé de ne plus retourner à la plage les jours suivants. Il me restait trois jours sur l'île, ça me semblait faisable. Le mieux serait sans doute de rester enfermée, éviter les tentations, les chemins qui mèneraient à Rome sans qu'on le veuille.

Mon père trônait au centre de la chambre-salon, la télé vagissante. Toujours là, en plein milieu de ma vie. Il avait dîné, comme chaque soir quand je revenais, pour bien marquer la ligne de démarcation qui nous séparait désormais, non plus seulement parce que je le voulais, mais aussi parce qu'il m'avait rejointe dans ce mouvement. Je n'avais pas la force de résister et d'entrer en collision. J'ai ravalé les quelques remarques désagréables qui me sont venues, j'ai attrapé un morceau de pain et j'ai filé me mettre à l'abri dans mon bout de couloir sans passer par la case salle de bains, trop peu isolée du territoire partagé. J'avais besoin de silence autour de moi. Je m'y suis plongée un long moment. Et quand j'ai eu suffisamment dérivé, que je me suis sentie vague, inconsistante, j'ai donné un grand coup de talon dans le fond du trou où je m'étais plongée. J'ai attrapé mon téléphone. Et j'ai écrit à Augustin.

« Je ne viendrai plus à Anse rouge. »

Une vibration m'a presque aussitôt avertie que ça n'allait pas être si simple.

« On va au cinéma demain à dix-neuf heures trente. Rejoins-nous. »

Des pensées contradictoires se sont mises à tournoyer sans fin. Est-ce que finalement l'agression à la bouteille l'aurait sorti de sa léthargie ? Ou bien est-ce qu'il n'avait pas encore fini de s'amuser à mes dépens ? Son « s'il te plaît » quelques secondes plus tard a fini de m'achever. J'étais nassée. Circonscrite. Je ne pouvais pas lui échapper.

J'ai passé la journée suivante dans le souffle de la première plage où il m'avait amenée l'année précédente quand nous étions encore des explorateurs. À l'écart des quelques baigneurs, un peu cachée dans les touffes qui poussent dans les dunes, j'ai écouté la mer rouler ses humeurs un peu plus loin. J'avais encore cette impression de flottement et je me suis laissé porter par cette rumeur qui accompagnait mon tangage. J'attendais l'heure. J'avais coiffé un peu plus soigneusement mes cheveux. Mis du noir autour de mes yeux. Et je portais mon air fermé sur le visage. J'y allais mais je n'avais pas confiance. Je savais que j'étais sous l'emprise d'un chant de sirène. Je l'entendais, je le voyais tracer ses volutes de séduction dans les airs autour de moi. Mais je ne pouvais pas lutter contre la puissance du charme.

Je les ai vus arriver au compte-goutte. Je m'étais postée un peu à l'écart, cachée par des voitures stationnées. J'avais prévu de ne m'approcher que quand Augustin arriverait. Et s'il ne me regardait pas franchement, s'il ne m'adressait pas un signe, s'il ne m'accueillait pas, je partirais. Pour toujours. C'était décidé. Je les ai observés, mis sur leur trente et un estival, robes variées, jambes à l'air, polos uniformes. Joséphine n'y était pas. Je me suis sentie soulagée. L'heure tournait et Augustin ne daignait pas apparaître. Ils sont entrés dans le cinéma. Je l'ai vu venir de loin quelques minutes plus tard, les mains dans les poches de son pantalon beige, propre, et du bordel dans ses cheveux. Son vélo semblait animé d'une volonté propre, le guidon dirigeait l'affaire, bifurcation vers le parking, arrêt, garage. Je suis venue vers lui. Il était seul et bon dernier. Il a sauté de son vélo, et il était devant moi.

« Tu es là », il a dit avec un air d'assurance tranquille qui semblait entériner ma docilité sans faille. Il a attrapé ma main pour entrer dans le cinéma. Je me suis laissé menotter. Quand nous avons pénétré dans la salle encore illuminée, il m'a tirée vers le fond loin du rang qu'occupaient les autres. On s'est assis sur les deux fauteuils du bord, lui au seuil de son siège, comme sur le départ. Ses jambes tressautaient, dévorées d'impatience. J'avais l'impression qu'il aurait préféré les rejoindre. Mais il a fini par poser sa tête contre le haut du siège et il a tourné son visage dans ma direction pour plonger son regard intense dans le mien. Il n'a rien dit. Longtemps. J'ai essayé de dompter ma respiration qui s'affolait. Sa main a glissé sur le haut de mon bras droit et j'ai sursauté de douleur. Je n'avais pas vu que j'avais un énorme bleu là où il m'avait serrée si fort la veille.

Il y avait sur ma peau à cet endroit la trace du besoin qu'il avait eu de me sauver des griffes des autres garçons. Le trouble qui l'avait fait réagir. La force de son accroche sur mon corps. Ça valait forcément quelque chose. Il a caressé doucement cette surface colorée qu'il avait peinte sur moi à la manière d'un homme des cavernes. Il semblait fasciné par l'empreinte imprimée de ses doigts sur ma peau. Il m'a enserré le bras à nouveau, comme pour enfoncer bien profond cette marque, la rendre indélébile. Il a relevé les yeux vers moi, ses yeux si noirs, ses yeux d'abîme. Il avait les narines gonflées, le visage vibrant. Le mot que j'avais attendu pendant ces heures alanguies sur la plage, ce mot qui m'enchaînait à lui, il l'a enfin prononcé. « Viens », il m'a soufflé en effleurant mon lobe de ses lèvres et alors le sol s'est ouvert sous moi.

Il m'a mise debout, m'a élancée à sa suite. On a couru sur le parking accrochés l'un à l'autre, éperdus. Il m'a soulevée pour me caler sur son guidon et on a fui le cinéma, direction la Villa. Je me suis transformée en palpitations. Tatom tatom. Je sentais son souffle qui enrobait mon cou de moiteur. On se dirigeait droit vers l'irrémédiable. Je le sentais, je l'attendais, pourtant je savais que j'aurais dû mettre pied à terre. Il est arrivé en trombe dans l'allée, a à peine freiné pour entrer dans le jardin, il a poussé le portillon avec son pneu avant et il m'a attrapée pour me faire descendre. Il m'a tirée vers l'arrière de la grande maison, plongée dans l'ombre du début de soirée.

« Il n'y a personne. » Sa voix grave prolongeait le souffle chaud de son haleine, elle m'a enveloppée pour me tenir serrée. On est descendus sur le tertre. L'impression d'être une vigie en haut d'un mât m'a saisie. Il n'y avait que nous et la mer en dessous, au loin, partout. Immédiatement, ça s'est emballé et la force irrépressible qui s'était emparée de lui au contact de mon bras dans la salle de cinéma ne pouvait plus être arrêtée. J'avais voulu ce moment pendant des mois, les yeux plongés dans l'eau sans fond de mon téléphone, un nœud au creux du ventre, en pensant si fort aux explorations de l'année précédente. Lui et moi seuls enfin. J'avais appelé de mes vœux ces retrouvailles, sans y croire, pendant ces longues heures où j'étais plongée dans la torpeur d'Anse rouge. Je ressentais aussi cet appel des corps. Mais pas comme ça, pas sans préalable. Pas sans transition après ces jours blancs où il m'avait rendue inexistante. Il ne pouvait pas me capturer ainsi, si vite, sans avoir cherché d'une manière ou d'une autre à me retrouver, à me demander pardon pour le mal qu'il m'avait fait. Mon t-shirt enlevé la première fois malgré ma résistance, il y avait si longtemps dans cette cabane de plage, son corps qui étreignait le mien sous l'eau, ses doigts qui me parcouraient, ce n'étaient que les prémices de ça, une longue transe nuptiale jusqu'à cet abandon de moi, le retrait de toute volonté. Malgré les cordes de refus qui se tendaient à l'intérieur de moi, la respiration suspendue quand je me formulais ce qui allait se passer, ce qui était imminent, que je ne voulais pas vraiment, je pensais qu'il était à moi enfin et que je devais le garder. Alors je n'ai pas dit le mot que j'aurais dû opposer à ce dernier « viens ». Je n'ai pas dit non. Et le dos écorché par les pointes acérées des flancs rocheux du promontoire qui affleuraient sur le sol, mon corps sous le sien, rendu inerte par les assauts de sa détermination qui écrasait la mienne, Augustin a déchiré mes contours, m'a désintégrée, il m'a pénétrée. Et je n'ai plus rien su d'autre que le ciel bleu sombre au-dessus de nous, dans lequel j'ai plongé.

Quand je me suis redressée, je me suis sentie ivre, j'avais le vertige. Je ne savais plus dans quel sens était le monde. À qui appartenaient toutes ces nuances de couleurs du soir, autour. Il était à côté de moi mais si loin alors. Il a remonté son pantalon, l'a épousseté dans un geste ridicule. Son regard me fuyait. Le préservatif faisait une petite protubérance sur le sol, un petit monticule informe de substances plastique et humaine rassemblées. Et au lieu des hourrah et des cris d'amour qui auraient dû retentir après cette première fois, il y avait son silence et le mien, chacun compartimenté. Et puis plus rien. Il m'a ramenée sur le parking du cinéma sans un mot. J'ai évité avec soin de frôler son corps pendant le trajet. J'ai détaché mon vélo, il m'a dit qu'il allait les attendre, les autres. Il ne m'a pas embrassée. Ça s'est achevé comme ça.

Ça ne s'est pas achevé pour moi. Dès qu'il a disparu de mon champ de vision, le trou creusé par ce qui s'était passé sur le tertre, par cet abandon minable sur un parking gris, a été remplacé par la douleur physique, une brûlure qui a gravé le souvenir de l'événement bien mieux qu'un canif dans l'écorce d'un arbre. Marie + Augustin = Souffrance. La morsure de ma chair irradiait dans mon ventre. Elle pulsait les non, non, non que j'aurais dû lui opposer et qui étaient restés coincés.

Je suis rentrée chez moi en poussant mon vélo, incapable d'un effort, la tête siphonnée. Je suis retournée dans cette chambre qui n'était pas la mienne, qui ne pouvait pas faire maison autour de moi. Je me suis allongée, concentrée sur le plafond. J'ai suivi en pensées chaque petite ligne défectueuse, en funambule. Le vide en dessous, c'était moi. Un chaos béant. Quand j'ai fermé les yeux, je me suis raccrochée aux pulsations à l'intérieur pour ne pas tomber, les mains posées là où ça faisait mal. Je les ai battues en rythme silencieusement, pour m'hypnotiser. J'ai attendu que la douleur s'écoule par ma peau. J'ai laissé le silence découper le morceau de récit que je voulais oublier, l'ensevelir sous son poids, transformer la scorie en pierre précieuse. Je me suis endormie sur le mensonge que je venais de fabriquer. Lui et moi maintenant liés par-dessus tout.

Le lendemain matin quand j'ai enlevé mon short dans la salle de bains, l'espace d'un instant je suis restée interdite devant les traces de sang sur le tissu, une petite constellation de taches indélébiles que par la suite je regarderais à chaque fois avec le même absolu étonnement, comme si je ne pouvais pas comprendre d'où elles venaient.

J'ai décidé qu'il m'aimait. J'ai décidé que nos semi-nudités respectives et le choc du désir avaient fait naître la gêne et la fuite. Qu'il suffirait de rajouter quelques pincées de patience pour que la tambouille de nos corps devienne le mélange rêvé. Alors ce dernier jour à Noirmoutier j'ai décidé que j'allais profiter de la nuit pour me glisser contre lui et obtenir la douceur qu'on n'avait pas su trouver la veille. Depuis plusieurs jours, le groupe n'avait fait que parler du lâcher de lanternes au port du Vieil. J'allais y aller et marquer mon territoire. Sceller cette relation.

« Je regarderai s'envoler les lanternes dans tes bras », j'ai envoyé à Augustin.

En fin d'après-midi, j'ai prévenu mon père, mais j'ai aussitôt regretté. Des jours que l'air était électrique, que nos yeux étincelaient du fond de nos visages fermés, que les portes se claquaient avec plus de brusquerie, que nous écourtions nos échanges jusqu'au strict minimum. Il a refusé que je rejoigne Augustin au Vieil. Il a commencé par un tir au lance-flammes.

– Je te rappelle que je suis venu te chercher en pleine nuit…

– Tu es triste, tu es seul, tu es inexistant. Tu es mort, tu es enterré, je lui ai craché à la figure pour le punir de sa tentative de chantage affectif.

Alors que c'était moi qui gisais, sans pouvoir le lui dire. Il s'est approché férocement de moi et j'ai vu le moment où il allait me gifler. J'aurais préféré. Mais non. Il s'est dégonflé comme un ballon. D'un seul coup l'espace qu'il occupait s'est rétréci et il est devenu pâle et sans consistance.

– Fais ce que tu veux, il a répondu d'une voix blanche.

C'est ce soir-là qu'il a définitivement lâché ma main. Au plus fort de nos batailles, la résistance qu'il continuait à m'opposer restait une forme de présence, d'attention. Ce soir-là, il m'a tourné le dos. Sur le moment ça m'a fait une secousse. J'ai grandi d'un seul coup à cause de la sensation d'abandon.

Il s'est dirigé vers la cuisine. Tant mieux, il n'a pas vu l'inondation sur mon visage.

Je me suis cloîtrée dans la chambre aux murs sales. J'ai pleuré longtemps pour bercer ma toute nouvelle solitude. Apprivoiser ce que j'étais en train de devenir, un champ de ruines. J'ai pensé renoncer à la lutte un instant, ouvrir la porte et dire « Papa ». Je ne l'ai pas fait. J'ai rafistolé ce que je pouvais de mon moral et de mon allure. J'étais si épuisée à cet instant, si prête à m'écrouler à cause de ce combat sans fin contre moi-même et les autres. Mais je n'ai pas lâché prise, et j'ai filé vers la suite.

À nouveau, je pénétrais seule dans la nuit. Je me sentais fébrile, presque vacillante. Il y avait cette accumulation au-dessus de moi. Je croyais que tout était de ma faute. J'avais perdu le fil. J'étais à la dérive.

« Merde. Merde. MERDE ! »

Je me suis pris les pieds dans un sac qui traînait dans l'espace réduit où on garait nos vélos, je me suis retenue au guidon du mien, tout s'est cassé la gueule sur moi. J'ai senti une douleur sur le tibia, puis la chaleur du sang qui jaillissait sur la peau. Cette sensation a fait ressurgir l'image du sang versé de la veille et j'ai cru que j'allais vomir. J'ai refusé d'y penser. J'avais une pédale qui m'entamait la peau juste sur l'os du tibia et plus la force de me sortir de tout ça. L'impression d'une cascade de catastrophes qui s'effondrerait sur moi a fait surgir un tremblement. J'ai tout repoussé en hurlant. J'ai essuyé ma jambe, respiré doucement par petites vagues d'air, sac et ressac silencieux dans mes poumons, attendant que le tournis s'arrête. Je n'arrivais pas à réprimer les frissons. Un peu après, quand j'ai mis les pieds sur la route, j'ai senti le bitume qui avait emmagasiné la chaleur du jour et la moiteur qui s'en dégageait m'a aussitôt tenu compagnie. Elle a enveloppé mon corps fatigué par ce remue-ménage sans fin et je me suis sentie enfin suffisamment rassurée pour prendre la route.

Le chemin était long jusqu'au Vieil et la lumière de mon vélo poussive. Une fois sortie du lotissement, je me suis sentie moins démunie. J'ai rejoint puis suivi les flopées de touristes qui empruntaient le même itinéraire que moi. Et la ribambelle des phares de nos vélos formait une ligne de lueurs, une sorte de retraite aux flambeaux improvisée qui menait jusqu'à la pointe de l'île, lieu de ralliement de la soirée. Et cette petite migration nocturne vers un but commun, moi au milieu des autres, ensemble dans la même direction, c'était déjà une petite consolation. Pourtant le sanglot dans ma gorge ne voulait pas s'enfuir. J'ai souri de toutes mes forces comme j'aurais enfilé une armure, en admirant cette poésie étoilée et en pensant que la joie devait suivre.

Au Vieil, des amoncellements de vélos s'accrochaient les uns aux autres à chaque poteau, à chaque gouttière, et le village semblait transfiguré en cimetière à bicyclettes. J'ai longtemps cherché avant de trouver un espace libre pour le mien. J'ai suivi le bord de la plage en même temps que des nuées de familles, toutes s'acheminant vers une promesse de fête. Malgré les rires et l'allégresse autour, il y a eu comme un éclat de fin du monde à l'intérieur de moi.

– Madame...

J'ai sursauté avant de distinguer la petite main accrochée à mon bras, et au-delà du bras une figure d'enfant, éperdue comme seuls peuvent l'être les petits.

– Tu as perdu ton téléphone pendant que tu courais ! Il est un peu abîmé je crois.

La petite fille est restée à me regarder pendant que je tournais mon appareil pour voir les dégâts. En inspectant l'écran j'ai vu le message d'Augustin – « On est crevés on n'y va pas finalement. »

– Merde, j'ai dit.

Encore.

– C'est pas moi. Il s'est cassé en tombant.

J'ai levé la tête. J'ai aperçu la contrariété sur les visages réunis autour de celle qui m'avait sauvé la mise et que je n'avais toujours pas remerciée.

– Pardon. Je te remercie. Bien sûr ce n'est pas toi. Merci beaucoup. Je n'ai pas fait attention. Pardon.

Je ne savais pas vraiment ce que je bafouillais, embarrassée. J'ai replongé le nez sur mon téléphone pour vérifier la trahison, encore une. Eux absents. Lui, loin. Moi, exclue. Toujours.

J'ai lu et relu le message, interdite. Partir, rester, les rejoindre, demander des explications. La rumeur sourde était devenue vive. J'ai levé la tête et j'ai vu la première lanterne s'élever lentement dans le ciel, hésiter sur la voie à suivre, chahutée par les courants d'air. Sa flamme a trembloté longtemps au-dessus de moi, de nous, réunis dans cet espace devenu le centre de l'univers par l'effet de nos aspirations au bonheur, conjuguées dans un élan commun, ce soir-là dans cet endroit-là. Et puis soudainement, les lanternes ont fait comme une pluie de lumière dans le ciel noir de l'île. Je me suis avancée sans quitter cette offrande des yeux et j'ai rejoint la foule sur le sable. C'était si déroutant de me sentir faire corps avec ces inconnus autour de moi. J'ai regardé longtemps les décollages réussis, ou ratés, le dépit et l'enthousiasme des grands et des petits, ce besoin de fête, de partage collectif. La joie malgré le reste.

Je me suis allongée dans le sable mouillé, un peu à l'écart, les yeux plantés dans la nuit sombre. J'ai suivi les lanternes qui s'élevaient, vaillantes, parties pour une expédition. Je me suis demandé si on en retrouverait des traces le lendemain sur les plages de l'île, rendues à la terre, chiffonnées, délavées, diluées elles aussi, détruites par la mer.

J'ai eu envie de rentrer. J'étais trempée, frigorifiée. Les lanternes avaient toutes disparu. Les groupes s'étaient disséminés. La fête s'acheminait vers la sortie. J'ai décidé d'emprunter la rue principale, je n'avais pas envie de me retrouver seule en passant par la plage.

Quelques grappes restaient encore éparpillées, adossées au mur. Plongée dans mes pensées, je ne les ai pas vus avant de buter sur eux.

– Tiens Marie, tu étais là.

Elle a dit ça, oui. Joséphine m'a interpellée, avec force dans la nuit silencieuse, à peine hachée par quelques rires discrets et des soupirs. Mais pas tout de suite. Elle m'a d'abord laissée profiter du spectacle d'Augustin et Pauline, alanguis l'un sur l'autre, indécents, à peine à l'écart des autres. Elle m'a laissée me repaître de cette collusion des corps, m'étouffer de ces baisers perdus pour moi, de ces caresses déboussolées, de ce désir qui s'affiche. Quand il a entendu mon nom, il a levé la tête. À peine, et puis l'amoureuse transie l'a ramené à leur amas, lui a planté la langue dans sa bouche, ne lui laissant aucune chance de se défaire d'elle. Ça les a fait rire, les autres. Quinze jours pour en arriver là. À cette dernière humiliation. Magistrale. À cette fin de tout. L'ampleur de la débâcle, du drame, s'est fichée en moi. J'ai eu l'impression glaçante d'être saturée par l'air, par la fraîcheur, par le bruit de la mer, par le crissement du sable sous mes pieds, pour combler le vide absolu de mes pensées. Je chutais sans fin mais j'effectuais exactement et précisément les gestes nécessaires, en pilotage automatique.

J'ai retrouvé mon vélo. J'ai roulé. Arrivée dans l'impasse, j'ai longtemps regardé vers la petite maison crasseuse, à la fenêtre de laquelle je pouvais distinguer un peu de lumière et la silhouette de mon père. Et la pensée que c'était ici ma place, que j'étais punie pour avoir voulu m'en échapper, m'a transpercée.

J'ai senti un poids sur mon épaule. J'ai compris avant de me retourner que c'était lui, qu'il m'avait suivie. Il a posé sa main sur ma joue, j'ai simplement fermé les yeux. Peut-être que c'était pour ne plus le voir. Ou peut-être que je voulais faire disparaître l'idée de moi assise sur ce canapé marron sous la petite lumière pâle au fond du salon là-bas. Quand il a frôlé mes lèvres du bout des siennes, j'ai pensé très fort à ce baiser pollué qui s'annonçait. Ce baiser de rattrapage, de dédommagement. Pour mes bons et loyaux services à chaque fois qu'il avait bien voulu de moi. Et j'ai dit très doucement : « Non, non, non. » Mais c'était trop tard. Il avait tout gâché. Il m'avait froissée, piétinée, abîmée.

Début

Je suis sur le tertre des violences six ans et demi après ce dernier été. J'y suis allongée, à nouveau, et le ciel au-dessus me recouvre de nuit pour me consoler. La sensation des écorchures pierreuses du sol résonne à l'intérieur de moi en ricochets de douleur. Ces trois derniers jours, j'ai mis mes pas nouveaux dans mes pas anciens, j'ai plongé jusqu'au cou dans les bas-fonds de mes souvenirs. J'en ai parcouru les jours et les nuits sans rien masquer. J'avais raison, c'est ici qu'il fallait venir pour me saisir au vol de la vérité et faire ma révolution. Pour retrouver les décombres oubliés de moi, dénouer le complot de ma mémoire, cette mécanique à déguiser la réalité en tenue de gala. Pendant toutes ces années, j'ai lutté pour colorier de bleu et d'or la carte postale de cette île, n'en retenir que la lumière, pour survivre. Les lézardes apparaissent, partout.

Alors d'accord, je suis cette fille-là. Violée à quatorze ans par celui dans les mains de qui elle s'était déposée. Maintenant, je regarde la réalité bien en face, elle a une tête de Méduse avec des cheveux en forme de serpents, mais je la fixe dans les yeux. Elle ne peut plus me pétrifier. Pétrifiée, je l'ai déjà été tout ce temps par le silence dont je m'étais entourée. C'est fini les ajustements, la cuisine des mensonges, les images trafiquées d'Augustin en majesté.

Maintenant, je reconnais mon ennemi.

Je veux juste rentrer et dormir, pour commencer. Mais quand je me redresse, je vois bien que la première étape va être plus compliquée que prévu. J'ai des étoiles qui dansent devant les yeux et les jambes qui refusent de m'obéir. « Je ne veux pas rester coincée ici », je me murmure recroquevillée. Mais je ne peux plus avancer. Je suis figée. Je me rassieds avec lenteur, je respire à pleins poumons. Le froid est mon allié. Je le sens qui descend en rappel dans ma trachée et ouvre mes bronches, y donne des petits coups de pioche pour les dégourdir. Je m'appuie sur cette fraîcheur qui me ravive pour me lever et remonter les marches qui mènent à la terrasse et sortir de ce territoire. Je m'écroule contre le mur de clôture, dans la poussière du chemin. Je ne pourrai pas aller plus loin. Je rallume mon téléphone. Une batterie rouge clignote sur l'écran. Et puis la dernière page ouverte s'affiche. C'est la page d'un numéro de téléphone enregistré à la va-vite, juste avant de l'éteindre. Celui de ma logeuse. Je bredouille quelques mots en forme d'au secours. Elle semble saisir l'urgence, elle me dit qu'elle arrive. Mon téléphone déchargé s'éteint juste après. On dirait que j'ai de la chance pour une fois, je pense. Je suis sauvée. Mais c'était moins une.

Elle est là très vite avec exactement ce qu'il me faut. Elle a pris le temps de faire du thé et d'apporter des choses sucrées que je dévore sans distinguer de quoi il s'agit. Elle dépose une couverture sur mes épaules et par-dessus son bras, si léger. Elle est ferme et douce et, en quelques gestes, elle bâtit une muraille d'attention et de bienveillance autour de moi.

Quand mon corps se remet en route après la panne, les vannes s'ouvrent et le flux est débordant. Les larmes coulent et puis les sanglots arrivent derrière, discrets d'abord et puis je ne peux plus rien maîtriser. Cette inondation marque la fin de la sidération.

– Je suis désolée, je suis désolée, je réussis à articuler.

– Ce n'est rien. Je me suis inquiétée toute la journée quand j'ai vu que vous étiez partie si tôt. Je suis contente de pouvoir vous aider, elle me répond simplement.

Elle me demande si j'ai la force de me lever et elle me soutient jusqu'à la voiture. Je ne peux pas m'arrêter de pleurer. J'ai des larmes retenues depuis tout ce temps qui s'écoulent en continu, je « pleux » des trombes d'eau, et je ne peux pas m'empêcher de me demander si, quand j'aurai perdu cette énorme quantité de liquide, il restera encore quelque chose de moi.

Je la regarde dans la pénombre de l'habitacle. Elle conduit avec calme. Elle a sur son visage une esquisse de sourire qui dit bienvenue. Ça ne ressemble pas à des sourires-bonbons qu'on distribue en guise de récompense, parce qu'on se tient bien. Elle s'éclaire pour me montrer la route. J'ai rencontré une femme-phare. Une femme-bol de soupe. Une personne chaleur et protection. Et cette idée allume en moi quelque chose de nouveau. J'ai l'impression d'être branchée au monde subitement, que tout sort de l'ombre. Je regarde par la fenêtre de la voiture et je ressens ce qui m'entoure avec une puissance attisée. Et je crois que ça me sauve de l'effondrement.

– J'ai été violée ici il y a longtemps, je dis.

Et c'est si facile.

Elle ne répond rien. Effleure ma main.

Je n'ai pas la force de faire autre chose que de me coucher quand nous arrivons chez elle. Ma logeuse me borde sans un mot, les draps très tirés pour que le lit me serre dans ses bras. Et très vite, j'oublie tout.

Le bruit de la pluie battante qui cingle le carreau de ma fenêtre me réveille en sursaut le lendemain. Il fait grand jour. J'ai dormi très tard, on dirait. En attrapant mon téléphone pour regarder l'heure, je me souviens qu'il est à plat. Je le branche avant de descendre dans la cuisine où je suis invitée pour un thé-tartines depuis la veille au soir.

La porte est vitrée et je reste un moment à la regarder, cette dame qui est venue à moi sans aucune hésitation pour un sauvetage en haute mer de désolation. Elle épluche des poireaux de ses longs doigts fins et déjà noueux avec une sorte d'évidence délicate, et ce geste immuable qui semble faire partie d'elle-même fabrique une protection ouatée pour amortir les chocs, comme par magie. Sauvée par un épluche-légumes ! J'accueille la délivrance qu'elle sait faire naître.

Je regarde son visage, il est parsemé de rides très fines qui sillonnent sa peau, font des petites routes de montagne qui partent à l'assaut de ses pommettes et de son front. On a envie de les parcourir du bout des doigts pour apercevoir le paysage qui l'a rendue apaisée. En prendre de la graine, au cas où ce serait miraculeusement contagieux. Sa peau est marquée par le temps, elle doit avoir dans les soixante ans, mais son expression est d'une fraîcheur éblouissante, indicible. Elle est là, au monde et aux autres.

Je toque avant d'entrer. Elle me montre la chaise sur laquelle je peux m'asseoir et s'active en silence pour me préparer mon petit-déjeuner. Elle a retenu ce que j'aime manger. Elle pose devant moi un beurrier et des tartines grillées à côté d'une grande théière brûlante. Et elle retourne à son évier.

Je m'assieds en tailleur sur ma chaise et je bois mon thé à petites gorgées pour que le sablier de l'instant ne s'écoule pas trop vite. Je la regarde aller et venir, sans qu'on n'échange aucun mot. La soupe bouillonne gentiment, et la fenêtre est recouverte de buée. J'ai l'envie subite d'aller y tracer des bonshommes, des figures, des grands arbres. De rattraper de mon enfance ce qui n'a pas été. Cette apnée vaporeuse dans les effluves de la cuisine d'hiver me fait l'effet d'un gommage mental. Ça décape toutes les petites peaux mortes des deux jours qui viennent de passer. Ses gestes font les essuie-glaces dans mes pensées. Elle épluche, tranche, lave pendant que je me regarde enfin en face.

J'ai été perdue si longtemps. L'enfant de neuf ans, coincée dans sa carriole, peureuse sur son rocher, la fille de onze ans qui espère et boit l'air qui l'entoure, s'y faufile pour trouver son chemin, l'autre fille de treize ans qu'on tire et pousse et laisse sur le bord de la route, l'adolescente de quatorze ans qu'on fait rôtir en plein soleil pour mieux la dévorer quand elle est cuite, toutes ces couches s'étaient sédimentées et me tiraient vers le fond. Dans ce sauna improvisé, je décide de faire avec, d'avoir enfin un peu de compassion pour moi-même. J'oublie la fuite, je rince mes douleurs. Et je me dis que j'ai le droit d'aller mal mais que j'ai aussi le droit d'aller mieux.

Je me sens prête pour faire la route dans l'autre sens.

– Je vais rentrer chez moi aujourd'hui finalement.

À genoux sur le sol de la chambre, je rallume mon téléphone pour regarder l'horaire des marées. Je veux repartir par le Gois comme à l'aller. Voir disparaître petit à petit dans mon rétroviseur les dunes, les plages et les toits pointus. Leur dire au revoir, à la prochaine. Je reviendrai et ce sera bien.

Le shoot d'électricité affole l'appareil et il bondit de mes mains à force de vibrer. Ce retour des machines m'assomme d'emblée, un élancement fulgurant me contracte le dos, de la nuque aux reins. Je sais ce que je vais trouver. Quinze appels en absence. Et une quantité incalculable de messages en tout genre. Le dernier s'affiche dans les notifications. Je sais que c'est lui.

Augustin.

« Mais tu es où PUTAIN ? »

C'est lui que j'ai fui il y a deux jours, quand il a écrit « Viens » dans la nuit. J'ai eu des vertiges rien qu'à l'idée d'aller le rejoindre. Alors j'ai eu besoin de venir me vautrer sur ses terres pour une ultime tentative de déracinement. Maintenant il tambourine à ma porte de toutes ses forces, défoncerait le chambranle s'il le pouvait.

Je ne sais toujours pas à quoi il ressemble quand il se lève, s'il parle avant de boire un café, s'il fait du bruit la nuit quand il dort, s'il est bavard en voiture, s'il aime des musiques inavouables. Je ne sais pas non plus à quoi ressemblent ses souvenirs de vacances à Anse rouge. S'ils sont chauds et doux ou bien s'ils lui font du mal à lui aussi.

Je ne sais pas qui il est. Et pourtant je continue à le laisser m'attraper de temps en temps, quand il n'a rien de plus captivant à faire. Je le laisse étancher sa soif et repartir, je le laisse m'épuiser pour avoir un peu la sensation d'exister.

Mais ici et maintenant ce n'est plus possible. Je n'hésite même pas. J'éteins l'outil de sa traque. J'enlève la carte SIM et je la déchiquette le plus soigneusement possible avec mon coupe-ongle. Je m'applique pour effectuer les gestes de cette petite cérémonie de délivrance. Et la trivialité de l'arme me délecte. Puisqu'il me barre le passage d'aussi loin qu'il est en tirant sur la corde à mon cou, je vais le contourner. Je vais enjamber la mer, ne pas risquer d'aller m'enliser dans la vase à nouveau. Je vais tourner le dos au Gois. Je vais prendre le pont et décoller.

Rouler droit devant sans m'arrêter.

Après on verra.

Je verrai.

Par la même autrice aux éditions Thierry Magnier

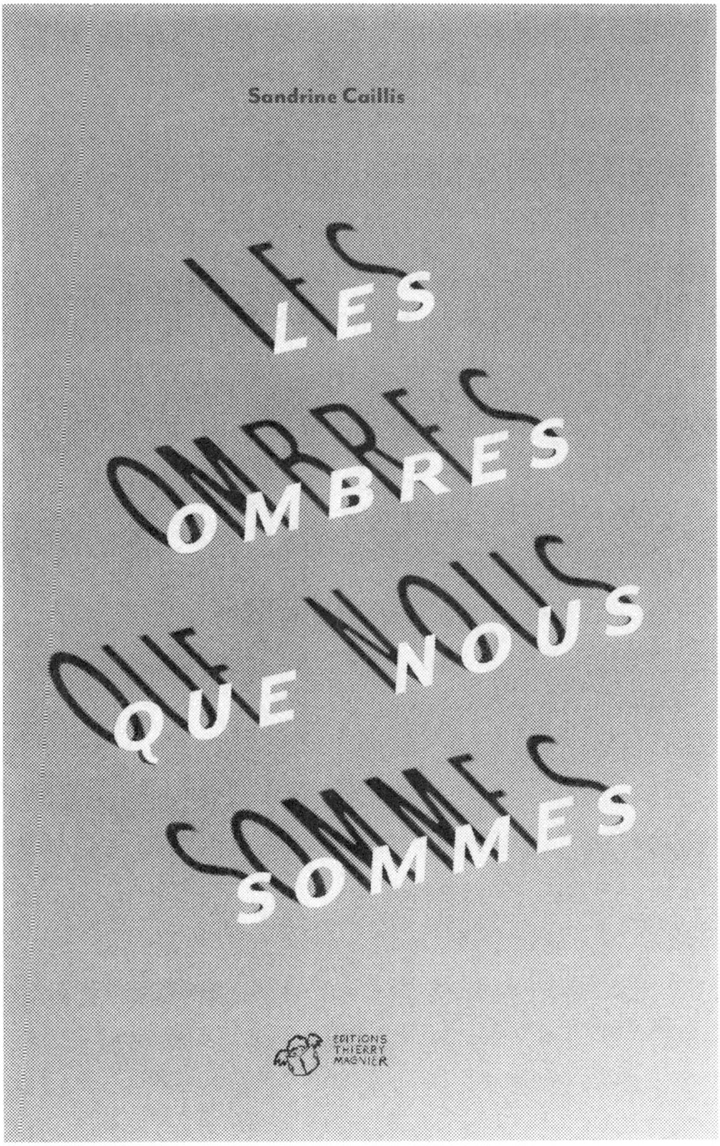

979-10-352-0349-8

Tout à la fin

Ses lèvres m'ont frôlé.

Avant de se coller doucement à la mienne, sa bouche a murmuré à mon oreille « Tu peux bien aimer les filles et les garçons. Je m'en fous. Pour le moment c'est moi et j'ai envie de t'embrasser ».

On est comme deux petits ruisseaux sautillants qui se rejoignent pour faire une rivière. Avec des plats et des rapides. Variable, la rivière. Mais son eau paraît limpide et son débit assuré.

Elle y va. On ne sait pas où mais elle y va.

On ne sait pas toujours tout sur tout.

Et c'est main dans la main qu'on apprendra à naviguer.

Tout au début

Mercredi. Le jour du temps qui ne passe pas.

Pour la majorité des autres, c'est surtout le jour des entraînements. La plupart des garçons de mon âge aiment courir après des ballons et transpirer les uns contre les autres, ou alors ils font très bien semblant. Les filles s'y mettent aussi d'ailleurs. Mais moi pas. J'ai renoncé au sport depuis longtemps, aux coups d'épaule suante, et aux insultes proférées en douce. Je ne pratique qu'en cas de force majeure, au collège. Et encore... Je pratique surtout la figuration sportive. Je fais le passant sur le terrain. D'un commun accord, on a décidé le prof et moi que ça ne valait pas la peine d'essayer plus fort.

Depuis le début de ma petite vie, j'ai quand même expérimenté un tas d'activités variées sous le haut patronage de ma mère, jamais à court d'idées épanouissantes. À l'âge où je ne savais pas encore dire non, j'ai fait de la poterie, des ateliers de peinture, du cirque. Et puis un peu plus tard de la musique, du piano. J'aimais bien ça au fond, mais le jour où il a fallu « se produire sur scène », j'ai utilisé le moyen ultime. J'ai pleuré très fort et j'ai arrêté.

Depuis, mes mercredis sont un puits sans fond d'inactivité. Et de solitude. Parce qu'en renonçant au sport ou à une autre forme de passe-temps collectif, on s'exclut d'une quelconque possibilité de camaraderie. À part Marilou, ma voisine d'enfance, personne ne s'intéresse à moi. En retour, je ne m'intéresse à personne non plus. Mais le mercredi, Marilou est comme les autres, elle a son cours de danse. De toute façon, on a cessé depuis un moment d'être chacun absolument l'ombre de l'autre. À son entrée en sixième, elle a fait une crise d'indépendance précoce, elle a décidé d'apprendre le russe et de me laisser aller seul dans notre collège de secteur tandis qu'elle prenait son envol dans un autre. Elle a quitté le nid qu'on avait fabriqué brin à brin. Nos chemins autrefois intriqués ont légèrement dévié l'un de l'autre. Finis les trajets main dans la main, nos nez en l'air, pour aller de l'école à chez nous. Il ne nous reste maintenant que les rencontres fortuites et extra-scolaires. C'est bien aussi, l'imprévu…

Mercredi, jour du temps qui ne passe pas, et des regrets !

(extrait du début du roman)

Cet ouvrage a été achevé d'imprimer sur Roto-Page
en reprenant son souffle
pour le compte des éditions Thierry Magnier
par l'Imprimerie Floch à Mayenne en février 2022
Dépôt légal : mars 2022
N° d'impression : 99986
NBJ/00041.01.00001.001
Imprimé en France